De man die niet van robots hield

H J Hermeler

De man die niet van robots hield

Auteur: Hans Hermeler
Ontwerp omslag: Tristan van der Laan, Suikervrij design
Uitgever: Heppiebooks
Eerste druk, 2017
Druk: www.pumbo.nl

Thriller
NUR: 332
ISBN: 978-90-818245-4-5

De man die niet van robots hield

H J Hermeler

Van dezelfde auteur:

Bonfire

Bonfire, onder de schaduw van Icarus

De man die niet van robots hield

Deel 1

Klaagliederen

Hoofdstuk 1

Mensen behandelen mij vaak alsof ik niet goed bij mijn hoofd ben. Ze luisteren niet echt naar me. Ze nemen me niet serieus. Dat komt misschien door mijn leeftijd. Als je ouder wordt, duurt het langer om de juiste woorden te vinden en je gaat zachter praten. Dat kan heel irritant zijn, weet ik uit ervaring. Of ze behandelen mij als iemand die niet goed bij zijn hoofd is omdat ik jaren geleden ben weggestopt in deze instelling, tussen alle andere ouderen. Als je hier terecht komt, tel je niet meer mee. Ik lever geen bijdrage meer aan de maatschappij. En ik weet ook zeker dat ik hier nooit meer uit kom. Ik kost nu gewoon veel geld voor de belastingbetaler tot het moment komt dat ik dood ga. Soms word ik daar een beetje recalcitrant van. Het maakt toch allemaal niks meer uit. Ik doe nooit mee aan al die kinderachtige activiteiten die ze steeds organiseren om ons de dag door te slepen. Ik kom altijd wel even kijken, maar ik heb nooit zin om mee te doen. Ik observeer liever.
Ook vandaag zit ik weer een beetje aan de rand van de groep. Ik kijk naar de anderen en naar het vreemde schepsel dat vandaag voor het eerst in ons midden is verschenen: Ikiryo. Iedereen is blij dat hij gekomen is. Kijk ze eens stralen bij dit stukje kunstmatige liefde. Mevrouw Van der Wal aait hem zachtjes over zijn hoofd en probeert in zijn wang te knijpen, alsof het een echt kind is. Zou dit een eerste teken van dementie zijn of is ze gewoon blij met alles wat aandacht aan haar besteedt? Het apparaatje brabbelt iets in het Japans en kijkt haar vrolijk aan met die grote glazen manga-ogen.
Ik heb al direct een hartgrondige hekel aan deze zogenaamde zorgrobot. En dat is niet alleen omdat het door de Jappen is gemaakt. Of vanwege het feit dat onze interim-directeur blijkbaar liever geld uitgeeft aan een of ander kek

hebbedingetje dan aan wat extra personeel om voor ons te zorgen. Nee, ik heb er een hekel aan omdat het gewoon niet goed voelt. Er is iets onnatuurlijks aan deze robot. Hij is te schattig. Iemand heeft hem een programma meegegeven waardoor het lijkt alsof hij echt om ons geeft. Dat kan nooit kloppen. Ikiryo klimt via de schoot van mevrouw Van der Wal op tafel, waar hij spontaan een dansje begint te doen. Alle anderen klappen voor hem en lachen, terwijl hij een of ander Japans kinderliedje zingt met een hoge, kinderlijke stem. Was het nou echt zoveel moeite geweest om hem een Nederlands programma mee te geven? Waarom moesten wij als eerste instelling in Nederland nou weer zo'n half uitgewerkte testversie in huis halen?

's Avonds mag Ikiryo tijdens het eten bij ons aan tafel zitten. Tussen het opdienen van het eten en het afruimen heeft hij toch geen andere taken. Alle andere bewoners zijn meteen jaloers. Verpleegster Johanna heeft beloofd dat hij iedere avond bij een andere groep aan tafel mag zitten, zodat iedereen een keer aan de beurt komt. Het kleine robotje praat vrolijk door terwijl wij eten. Meneer Braiser zit naast Ikiryo en praat terug, ook al kunnen hij en dat ding elkaar totaal niet verstaan. Op de een of andere manier hebben ze toch interactie met elkaar. Meneer Braiser probeert zelfs wat eten in de mond van Ikiryo te stoppen, maar de robot weert dat af en zegt iets in het Japans. Waarschijnlijk iets in de trant van: "Rot op met je kut spruitjes, ouwe gek. Ik wil spareribs."
Ik moet toegeven dat ik Ikiryo een knap staaltje techniek vind. Hij is ongeveer een meter hoog en hij kan volledig zelfstandig zijn weg door het gebouw vinden. Ze hebben hem geleerd hoe hij deuren moet openen, hij kan de trap op- en aflopen en hij weet zelfs hoe hij de liften moet bedienen. Dat is een prestatie

waar sommige bewoners hier zo'n vijf jaar over hebben gedaan.
Zijn gezicht is samengesteld uit talloze beweegbare onderdelen die honderden voorgeprogrammeerde gezichtsuitdrukkingen uit kunnen beelden. Als Ikiryo lacht of je liefdevol aankijkt met die enorme blauwe ogen, vergeet je bijna dat het een apparaat is. Ze hebben een blauw met zilver pakje geverfd op zijn kleine robotlijf, dat er behoorlijk robuust uitziet. Speciaal voor deze markt heeft dat Japanse bedrijf een model ontwikkeld dat enkele basis-zorgtaken uit kan voeren. Hij kan bijvoorbeeld helpen met eten rondbrengen, hij kan iemand aankleden en hij kan zelfs iemand die gevallen is ondersteunen om weer overeind te komen. En verborgen onder dat schattige uiterlijk zitten weer allerlei technische snufjes die het medisch personeel kunnen helpen. Ikiryo kan de verplegers oproepen als er iets aan de hand is; de hoofdverpleegster Johanna kan vanaf haar computer meekijken door de ogen van Ikiryo en hij is uitgerust met verschillende sensoren, zodat hij kan controleren of we niet ergens ongepland dood liggen te gaan. Altijd handig om zo'n functie te hebben bij mensen van onze leeftijd.

Na het eten gaan een aantal bewoners meteen naar hun kamer. Of ze gaan eerst nog even Lingo kijken en heel hard 'groen, groen,' roepen naar twee studenten op een beeldscherm die ze toch niet kunnen horen. Ik ga na het eten altijd even naar de tuin om een stukje te wandelen. Liever was ik een blokje om gaan lopen door de wijk rond onze instelling, maar dat mag ik al jaren niet meer. Ik geloof dat het nu alweer zes jaar geleden is dat ik echt in de buitenwereld ben geweest. En dat was ook alleen onder begeleiding en na toestemming van onze interim-directeur. Ik trek mijn jas aan en loop de tuin in. Het is lekker fris buiten. Tussen de wolken door zie ik soms

flarden van de maan. Ik hou van de kou van december. Mijn hoofd wordt altijd helderder van die kou dan van de bedompte, veel te behaaglijke lucht binnen. Ik loop een korte ronde over het schelpenpad dat door de tuin loopt, helemaal om het grasveld en de grote vijver in het midden van de tuin heen. Als ik terugkom bij het gebouw zit Christiaan op het terras een sigaret te roken en te appen op zijn telefoon. Ik vraag aan hem of ik een sigaret mag bietsen. Christiaan werkt alweer twee jaar in onze instelling, nadat hij zijn studie medische bedrijfskunde heeft stopgezet. Met zijn drieëntwintig jaar is hij het jongste personeelslid van de instelling. Hij houdt zelf nog steeds vol dat dit een tijdelijk baantje is en hij zegt al twee jaar dat hij volgend semester zijn studie weer gaat oppakken. Christiaan is het enige personeelslid met wie ik nog een beetje op kan schieten. Hij is de enige die me normaal behandelt en niet steeds doet alsof ik een kind ben dat niks kan en niks mag. Christiaan is gewoon eerlijk. Hij loopt de kantjes ervan af, houdt zich nooit aan voorschriften of zorgprotocollen en hij maakt er ook geen geheim van dat hij eigenlijk een hekel heeft aan zeurende, oude mensen zoals ik. Ik rook 's avonds vaak een sigaret met Christiaan en dat voelt fijn, omdat het eigenlijk niet mag. Ik heb mijn hele leven niet gerookt, totdat ik hier kwam wonen en een of ander broekie tegen mij zei dat dat niet mocht.
"Hier, kijk," zegt Christiaan, en hij laat zijn telefoon aan mij zien. "Ik zit erover te denken om een nieuwe drone te kopen."
Ik pak de telefoon vast, maar zodra ik het scherm aanraak, draait het plaatje op het scherm een kwartslag. Kutapparaat. Ik draai de telefoon om, zodat het plaatje weer recht staat. Ik zie een afbeelding op de telefoon van iets dat doet denken aan een soort vliegende grasmaaier.
"Misschien volgende maand, als mijn salaris weer gestort is."
"Wat kun je daarmee dan?" vraag ik.

"Nou gewoon, vliegen," zegt Christiaan. Hij stopt zijn telefoon weer in zijn broekzak en neemt een trek van zijn sigaret.
"Moet jij trouwens geen koffie rondbrengen vanavond?" vraag ik. Ik leer altijd het werkrooster van alle verplegers en bewakers uit het hoofd. Het houdt mijn geheugen in conditie en je weet nooit wanneer het van pas kan komen. Christiaan schudt zijn hoofd.
"Ikiryo doet de koffie vanavond. Dus ik heb tijd over voor andere taken."
"Hoe ga je deze tijd dan verantwoorden straks? Ze hebben de pauze toch uit de avondploeg gehaald?"
"Ik verzin wel wat. Dat doe ik elke week als ik mijn administratie moet invullen. Van de verzekeraars mogen we vijf minuten schrijven voor het wassen van een persoon, dus als ik mevrouw Vlieger vanavond niet was, heb ik wat tijd over voor mezelf."
Ik druk mijn peuk uit en gooi hem weg. Eigenlijk heb ik zin in nog een sigaret, maar ik begin het ondertussen ook wel koud te krijgen. En ik heb afgesproken dat ik vanavond na mijn wandeling nog ga kaarten met Kees, Jan en Karel. Dus ik laat Christiaan verder met zijn telefoon en ga weer naar binnen. Hij vindt zijn telefoon toch interessanter dan mij, want ook Christiaan gaat ervan uit dat ik niet goed bij mijn hoofd ben. Ik geef hem geen ongelijk.

Hoofdstuk 2

De zondagavond is mijn vaste pokeravond met Kees, Jan en Karel. We hebben de zondagavond uitgekozen, omdat de andere bewoners dan toch *Boer zoekt vrouw* willen kijken en we alle vier niks om voetbal geven.
Het is haast niet mogelijk om meer negatieve energie op een plek te concentreren dan wanneer je ons vieren bij elkaar zet. En toch hou ik van hun gezelschap. Hun gemopper werkt verfrissend in de beklemmende atmosfeer binnen onze instelling.
Kees is jarenlang buschauffeur geweest, tot hij zeven jaar geleden op spectaculaire wijze werd ontslagen. Kees kon er niet tegen dat zijn werk in de laatste jaren steeds meer werd overgenomen door de techniek. Volgens hem was het afstempelen van een strippenkaart een essentieel onderdeel van zijn dienstverlening naar de klant toe en bovendien een vaardigheid die je alleen kon ontwikkelen na jarenlange ervaring.
"Probeer jij maar eens in een rijdende bus vol krijsende kinderen met tachtig over de grachten te scheuren, omdat een of andere stropdas achter een bureau bedacht heeft dat hij best nog vijf minuten van de buffer in de dienstregeling af kan snoepen en dan ondertussen ook nog precies op het juiste streepje van de strippenkaart je stempel te zetten. Nou, ik geef het je te doen," zegt Kees net iets te vaak tegen ons. "En tegenwoordig wordt er niet eens meer gestempeld." Kees kijkt ons aan alsof je dan net zo goed helemaal niet meer hoeft rond te rijden met je bus. "Iedereen loopt alleen maar in te bliepen en uit te bliepen zonder iets tegen de chauffeur te zeggen en ze weten alleen nog wanneer ze uit moeten stappen door op hun telefoon te kijken waar ze zijn."

Door het inbliepen is Kees aan de drank geraakt. De hele dag door datzelfde piepje. Daar zouden zelfs doorgewinterde buschauffeurs gek van worden. Na verloop van tijd begon Kees ook overdag te drinken als hij nog moest werken. En hoewel hij zelf beweerde dat het geen opzet was, eindigde de laatste busrit van Kees met een rem die net iets te laat werd ingetrapt en een bierfiets vol Chinezen die op een rondvaartboot met Koreanen terecht kwam. Hierdoor scheidde ook zijn partner nog van hem en kwam Kees in onze instelling terecht. Met zijn zeventig jaar is Kees het jonkie van ons vieren. Jan is de oudste, want hij is negenentachtig. Eigenlijk weet ik helemaal niet wat Jan vroeger qua werk heeft gedaan. Hij zegt nooit zoveel. Hij nipt vooral aan zijn whisky en hij denkt altijd lang na over het spel. En als hij dan wat zegt, kan Jan vaak opvallend scherp uit de hoek komen. Karel is net wat ouder dan Kees, maar voor deze instelling toch nog vrij jong. Tachtig lentes jong. Hij heeft het altijd over de oorlog. En als Karel het over de oorlog heeft, bedoelt hij niet *de* oorlog, maar zijn eigen 'oorlog' die hij met de gemeente voerde in zijn krakersperiode. De krakersperiode van Karel begon in de jaren zestig en is daarna eigenlijk nooit meer opgehouden. Karel heeft het op de een of andere manier voor elkaar gekregen om zijn hele leven lang niet te betalen voor zijn woonruimte. Een prestatie die je in mijn ogen alleen kunt bereiken met veel vindingrijkheid, doorzettingsvermogen en een enorme plaat voor je kop. Vanuit zijn ouderlijk huis is Karel op zijn zestiende al voor het eerst ingetrokken in een kraakpand. Volgens hemzelf was dat de gelukkigste periode van zijn leven.
"We hadden geen elektriciteit, maar dat maakte voor ons niet uit. We blowden de hele dag en discussieerden dan met elkaar tot diep in de nacht bij kaarslicht over Marx en Castro."
Dat kraakpand is afgebrand.

In het tweede kraakpand probeerde Karel een carrière als dichter, maar die is helaas nooit van de grond gekomen. "Het establishment vond mijn gedichten te gevaarlijk en daarom hebben ze de publicatie altijd tegen proberen te houden."
In de vijf jaar dat Karel daar woonde schreef hij drie-en-een-half gedicht. Ik denk dat hij in die jaren ook de hele dag blowde. Na de ontruiming van dat kraakpand heeft Karel nog een tijdje vastgezeten, omdat een door hemzelf in elkaar geknutselde Molotov-katapult beter bleek te functioneren dan hij had verwacht. Het eerste projectiel dat werd afgevuurd, schoot volledig over de verzamelde politieagenten heen en kwam een compleet huizenblok verder op een bierfiets vol Schotten terecht. Uiteindelijk zat Karel maar een half jaar vast, omdat nooit is vastgesteld wie het projectiel had afgevuurd. In de jaren die daarop volgden heeft Karel van kraakpand naar kraakpand geleefd, terwijl al zijn oude strijdmakkers ondertussen volwassen werden, hun baard afschoren en een goedbetaalde baan met leasebak zochten. Karel bleef ondertussen stug volharden in zijn strijd tegen de gemeente en het GAK. Een verbeterde versie van zijn Molotov-katapult, die Karel op klaarlichte dag begon te installeren op de stoep voor het stadskantoor, zorgde er uiteindelijk voor dat de maat vol was. Karel mocht zijn kraakpand definitief inruilen voor onze instelling om de laatste jaren van zijn leven in door te brengen.
We zijn dus een mooi gezelschap bij elkaar zo met ons vieren. Karel, Kees en Jan zijn de enige bewoners van deze instelling met wie je in mijn ogen een normaal gesprek kunt voeren. Het zou net iets te ver gaan om ze mijn vrienden te noemen.
We spelen zoals iedere week Texas hold'em. Terwijl Kees en Karel elkaar in iedere ronde luidruchtig proberen te overbluffen, weet Jan ondertussen in stilte de meeste fiches te verzamelen. Ik heb tot nu toe alleen maar slechte kaarten

gekregen. In de zevende ronde krijg ik eindelijk twee boeren. Ik zet flink in en speel Jan daarmee al voor de flop weg. Kees en Karel gaan met mij mee.
"Wat vinden jullie eigenlijk van Ikiryo?" vraag ik om de aandacht af te leiden van het spel.
"Ik vind het een rotding," zegt Kees, die een hekel heeft aan alles dat bliept. "Straks wordt al het personeel van deze instelling nog vervangen door machines, let maar op."
"Ik vind hem wel knap gemaakt hoor," zegt Karel. "Zijn gezicht ziet er bijna uit als het gezicht van een echt mens. En je kunt er zelfs interactie mee hebben. Als je iets tegen hem zegt, reageert hij daar op. Niet dat je hem kunt verstaan, maar hij doet wel iets. Je vergeet haast dat het gewoon een computer is waarin bepaalde vaardigheden zijn geprogrammeerd. Het lijkt soms wel alsof hij een eigen wil heeft."
Kees reageert furieus. "Ja, nou is het nog een leuke gadget, maar wat denk je dat er gebeurt als ze er straks achter komen dat hij zijn werk beter en sneller uitvoert dan Cynthia?"
"Nou, het is toch juist goed als het werk sneller wordt uitgevoerd?" zeg ik, ook al ben ik het eigenlijk wel met Kees eens. Soms vind ik het gewoon leuk om hem te stangen, omdat hij zo lekker emotioneel kan reageren. "En ze hoeven voor Ikiryo ook geen pensioen op te bouwen."
De flop komt op tafel en ik zie nog twee boeren liggen. Ik moet me inhouden om niet meteen te verhogen.
"Ja, lach maar. Maar als er straks alleen nog maar Ikiryo's in de zorg werken, moet je ook niet lopen klagen als je nooit meer een persoonlijk contact hebt met gewoon normale mensen."
"Ach," zegt Jan, die zijn fiches netjes opstapelt. "Er is nu ook nauwelijks tijd voor persoonlijk contact. Dat is allemaal wegbezuinigd."

"En er lopen in onze instelling ook geen normale mensen rond," zeg ik. De anderen lachen. Kees kijkt zuur naar zijn kaarten en besluit dan om ze neer te leggen zonder dat er iemand heeft ingezet.

"Het was precies hetzelfde met al die navigatiesystemen," moppert Kees. "Daar is het allemaal mee begonnen. Op een dag had een of andere stropdas op het hoofdkantoor bedacht dat al onze bussen daar voortaan mee moesten rijden. Zou efficiënter zijn. Terwijl ik al meer dan twintig jaar op dezelfde lijn reed. Waarom zou ik dan een navigatiesysteem moeten hebben?"

Karel zet een laag bedrag in. Ik ga er meteen all-in overheen en Karel trekt zich terug. Eigenlijk heb ik veel te weinig gewonnen met de eerste fatsoenlijke kaarten die ik vanavond heb gekregen.

"Die stropdas kon het mooi verkopen, hoor. We mochten zelf alles instellen, zei hij. We konden zelfs als stem de stem van een bekende actrice selecteren. Nou, allemaal leuk en aardig als Carice van Houten het inspreekt, maar het blijft natuurlijk gewoon een wijf dat zich met jouw route gaat bemoeien."

We spelen nog twee uur door voordat uiteindelijk alle fiches bij Jan liggen. De andere bewoners zijn dan allemaal al naar bed.

Hoofdstuk 3

Rond vier uur 's nachts word ik wakker. Het is nog donker op mijn kamer. Ik word elke nacht wel een keer wakker, ook als ik 's avonds geen whisky heb gedronken. Het is alsof ik in mijn hoofd een kleine wekker heb zitten, die me nooit even lekker laat snoozen. Zodra ik ontwaak, ben ik alert, hoe laat het ook is. Alleen deze nacht voelt het anders. Bezweet lig ik onder de lakens. Ik herinner me vaag dat ik een onrustige droom heb gehad. Ik weet niet meer waar het over ging; er is alleen een gevoel van pijn en angst blijven hangen. Het voelde alsof ik geen adem meer kon halen. En het leek erop alsof er iemand schreeuwde, vlak voordat ik wakker werd.

Ik luister gespannen of ik iets hoor. Het hele complex lijkt nog in een diepe rust gedompeld te zijn. Het is stil. Ik hoor alleen zachtjes het tikken van de klok in mijn voorkamer, zo regelmatig op de achtergrond dat het geluid pas op zou vallen als het er niet meer is. Ik stap uit bed om een plasje te plegen en trek dan mijn ochtendjas en pantoffels aan. Ik heb zin om een rondje door het gebouw te lopen. Dat is nog zo'n merkwaardig ritueel van mij dat ik bijna elke nacht doe. Zodra ik wakker word, trek ik erop uit om alleen door de gangen van ons enorme complex te dwalen. Ik hou van de stilte 's nachts. En als iedereen slaapt, kan ik eindelijk echt alleen zijn met mijn gedachten, zonder dat ik iedereen die ik tegen kom hoef te groeten. De paar bewakers die hier 's nachts nog rondlopen, zijn er allang aan gewend dat ze mij soms tegen komen. En zelfs Johanna heeft mij, na lang aandringen van mijn kinderen, schoorvoetend toestemming gegeven om 's nachts mijn kamer uit te komen. Zolang ik maar beloof dat ik niet de tuin in schuifel op mijn pantoffels. Waarschijnlijk is ze bang dat ik met mijn seniele hersens zo de vijver in loop in het

donker. Geeft zoveel modder op de pas geboende vloeren. Ik loop een kwartier door de gangen, zonder ergens heen te gaan. Ik hoor alleen het geluid van mijn voetstappen, gedempt door de pantoffels.
Als ik de hoek om ga en langs de kamer van meneer Braiser kom, hoor ik een geluid. Ik blijf staan en luister. Achter de deur van zijn kamer hoor ik meneer Braiser praten. Ik hoor niet wat hij zegt, maar het lijkt wel alsof hij aan het huilen is. Zou hij soms praten in zijn slaap? Of zou hij, net als ik, iedere nacht wakker worden? Ik heb hem nog nooit eerder horen praten 's nachts, terwijl ik hier toch regelmatig langs kom. Ik voel me een beetje ongemakkelijk terwijl ik hier sta te luisteren, maar aan de andere kant ben ik ook geïntrigeerd. Dan hoor ik een andere stem uit zijn kamer komen. Een hogere stem, bijna de stem van een kind. Het is Ikiryo. De robot zit bij meneer Braiser op de kamer en ze praten met elkaar. De robot praat zacht in het Japans op een licht zingende toon. Alsof hij meneer Braiser aan het troosten is. Maar wat de robot ook probeert te zeggen, het lijkt niet te werken. Misschien omdat Ikiryo alleen maar Japans spreekt. Meneer Braiser slaakt een zachte kreet en ik hoor hem gesmoord snikken, terwijl Ikiryo sussend door praat.
Ik besluit dat het niet netjes van mij is om hier te blijven luisteren naar de geluiden die uit de kamer van meneer Braiser komen. Als hij verdrietig is, is dat zijn zaak. Terwijl ik doorloop en terug ga naar mijn kamer, neem ik me voor om er ook morgenochtend bij het ontbijt niet meer over te spreken. Er wordt hier al genoeg geroddeld over elkaar.

Als ik terug ben op mijn kamer kruip ik weer in bed. Ik lig nog een paar uur wakker en wacht tot het tijd is om op te staan. Vanaf een uur of zeven hoor ik om mij heen de eerste geluiden die aangeven dat een nieuwe dag is begonnen. Het personeel

komt aanrijden, autodeuren slaan dicht op de parkeerplaats, de nachtploeg wordt afgewisseld door de ochtendploeg en precies om drieëntwintig minuten over zeven begint het vanaf de gang naar koffie te ruiken. Alles wijst weer op een doodnormale dag voor de bewoners en het personeel die al jaren achter elkaar samen hetzelfde ochtendritueel meemaken. Ik wacht geduldig af tot het mijn beurt is om geholpen te worden.
Om kwart over acht hoor ik in de verte een sirene klinken. Volgens mij is het een ambulance en het klinkt alsof ze deze kant op komen rijden. Steeds luider klinkt de sirene, totdat ik haast zeker weet dat ze bij ons complex moeten zijn. Door de gordijnen heen zie ik de blauwe zwaailichten wild heen en weer gaan door mijn kamer. Ik kijk er niet echt van op. Iedere maand komt er wel twee of drie keer een ambulance naar ons complex. Soms zelfs twee keer per week. Dat hoort er nu eenmaal bij. Soms nemen ze iemand mee, die na een dag of een paar dagen weer terug komt. Soms nemen ze alleen maar iemand mee. De ambulance blijft ergens voor de hoofdingang staan en ik hoor hoe er een brancard uit de achterklep wordt geladen. Twee mensen praten kort met elkaar voor de deur en dan verdwijnen ze in het gebouw. Vervolgens hoor ik zeker een half uur niks meer. De brancard en de ambulancebroeders komen niet meer naar buiten. Dat is meestal geen goed teken.
Om half negen komt Cynthia mijn kamer binnen lopen. Ze is een kwartier te laat en waarschijnlijk vraagt ze zich nu al af hoe ze die vijftien minuten later weer moet gaan verantwoorden in de administratie. Cynthia werkt al zolang als ik hier zit in deze instelling. Ze is tweeënvijftig jaar en ze doet al sinds haar opleiding hetzelfde werk. Cynthia is een van de ijverigste en loyaalste medewerkers van de instelling. Wat de interim-directeur ook bedenkt, Cynthia voert haar werkzaamheden altijd precies uit. Alleen voordat ze aan iets

begint, klaagt ze eerst zo lang mogelijk dat ze niet weet hoe het moet of dat ze meer tijd nodig heeft. Wat die tijd betreft heeft ze sowieso gelijk, maar ik ben nog nooit een interim-directeur tegengekomen die luisterde naar de mening van mensen die echt verstand hebben van het werk.
Geroutineerd begint Cynthia haar taken af te handelen die ervoor moeten zorgen dat mijn lichaam weer klaar is om een dagje rond te lopen. Ik vraag aan Cynthia voor wie de ambulance die ochtend is gekomen.
"Hoe wist je dat er vanochtend een ambulance was?" vraagt ze.
"Ik zag de zwaailichten door de gordijnen," zeg ik. "En als het brandweerauto was geweest, dan zou ik nu waarschijnlijk al op straat staan in mijn ochtendjas."
Cynthia twijfelt even. Ze weet dat ze er niet over mag praten. Maar Cynthia is ook de grootste roddeltante die rondloopt in onze instelling, dus ze kan zich niet inhouden.
"Eigenlijk mogen we het nog niet zeggen," zegt ze. "De familie is nog onderweg. Maar jullie krijgen het bericht waarschijnlijk toch wel bij het ontbijt te horen van Johanna."
Cynthia kleedt me uit op het bed tot ik helemaal naakt ben. Ze heeft dit al zo vaak gedaan dat het niet eens meer vreemd of ongemakkelijk voelt.
"Meneer Braiser is vannacht overleden," zegt ze, terwijl ze bezig is. "Daniel heeft hem vanochtend gevonden."
Ik schrik van het bericht. Niet omdat er iemand is overleden. Dat gebeurt hier helaas wel een aantal keer per jaar. En meneer Braiser was al weer 87 jaar.
Ik schrik, omdat ik vannacht nog langs zijn kamer ben gelopen. Terwijl ik naar de badkamer loop en de douche aanzet denk ik weer aan vannacht. Ik hoorde hem huilen. Zou er toen iets aan de hand zijn geweest? Huilde hij van pijn in plaats van verdriet? Had ik even moeten vragen of het wel

goed ging met hem? Of zou het daarna zijn gebeurd? Ik hoorde dat Ikiryo bij hem op de kamer was toen ik daar langs liep. Als er iets aan de hand was, dan moet de robot toch alarm hebben geslagen? Daar is hij voor geprogrammeerd. Wat heb je anders aan zo'n duur stuk speelgoed?
Ik draai de kraan dicht en roep naar Cynthia dat ik klaar ben. Ze komt de badkamer binnen om mij af te drogen en vervolgens ga ik weer op bed liggen om aangekleed te worden.
"Hoe is het gebeurd?" vraag ik. "Weten ze ook hoe laat hij is overleden?"
Cynthia haalt haar schouders op, terwijl ze mij een overhemd aandoet en gejaagd de knoopjes vast maakt. Ik wilde dat ik dat zelf nog kon doen. Ik hou haar van haar werk af met mijn vragen.
"Dat zijn ze aan het uitzoeken," zegt ze, "Het lijkt in ieder geval op een natuurlijke doodsoorzaak. Een hartstilstand of iets dergelijks. Hij is gevonden in zijn bed."
"Ikiryo was vannacht bij meneer Braiser op de kamer," zeg ik. "Ik hoorde hem toen ik een rondje liep. En ik hoorde meneer Braiser ook praten. Dat was rond half vijf ongeveer, denk ik. Kan het zijn dat de robot iets heeft vastgelegd?"
"Ikiryo?" vraagt Cynthia. Ze kijkt me aan alsof ze me niet begrijpt.
"Ja, Ikiryo," zeg ik. "Daar zit een webcam in, toch? Jullie kunnen via de computer meekijken via zijn ogen. Dat is aan ons allemaal uitgelegd toen we die privacyverklaring moesten ondertekenen voordat dat apparaat hier binnen mocht komen. Misschien heeft hij beelden van vannacht bewaard waar iets op te zien is."
"Ik zal het eens navragen. Bedankt voor de tip," zegt ze, terwijl ze aanstalten maakt om weg te gaan.

"Ik moet weer door. Dit lukt verder wel, hè? Ikiryo staat bij de lift om te helpen als u naar beneden gaat."
Nog voordat ik kan zeggen dat ik geen robot van de Jappen nodig heb om op een knopje van de lift te drukken is Cynthia al verdwenen. Zestien minuten achter op haar schema.

Hoofdstuk 4

Bij de lift word ik vrolijk begroet door Ikiryo. Hij drukt al op het knopje voordat ik mijn hand uit kan steken en kijkt me vervolgens aan alsof hij een koekje heeft verdiend. Stom apparaat. Als ik twintig jaar jonger was geweest, had ik hem een schop onder zijn robotreet verkocht. De ingenieur die zijn programma bedacht heeft, heeft het hele hoofdstuk over menselijke rouwverwerking blijkbaar overgeslagen. Stond niet in de specs. De robot merkt niet aan mij dat ik het erg vind wat er vannacht met meneer Braiser is gebeurd. Terwijl hij meegaat naar beneden, staat Ikiryo zacht zingend naast me in de lift. Ik probeer hem te negeren en denk weer aan meneer Braiser. We hadden niet veel contact samen. Maar toch word ik altijd somber als er weer iemand uit ons complex wegvalt. Je wordt er dan altijd aan herinnerd dat een van je vrienden de volgende kan zijn. Of misschien jijzelf wel.
Ik ben blij als ik de lift uit kan stappen. Weg van Ikiryo, die zingend weer naar boven gaat om de volgende bewoner op te halen. De eetzaal zit voor de helft vol en de stemming is vandaag niet heel anders dan wanneer we allemaal wel weer levend wakker worden. De meesten weten ondertussen al wat er is gebeurd en de anderen horen de mededeling van zuster Johanna tijdens het ontbijt. Niemand is er echt door aangegrepen. Tot het voor jou zover is, eet je gewoon iedere ochtend je ontbijt alsof er niks aan de hand is.

Na het ontbijt ga ik naar de tuin om een kopje koffie te drinken in het zonnetje. Op de gang word ik bijna omver gelopen door een rennende Ikiryo. Hij rent giechelend als een klein kind door de gangen, zonder op de oude mensen te letten die snel voor hem opzij springen. Ik vraag me af wat die

robot nu weer aan het doen is. Hij is toch hier gekomen om het personeel te helpen? Ikiryo blijft halverwege de gang staan en draait zich om. Hij roept iets dat klinkt als iets wat een Japanner tegen zijn hond zou roepen als hij wil dat hij komt. Dan verschijnt mevrouw Van der Wal aan het einde van de gang. Ze heeft een uitgelaten uitdrukking op haar gezicht, terwijl ze hijgend achter de robot aan schuifelt.
"Wacht nou, Ikiryo," roept ze. "Ik kom achter je aan, hoor."
Zodra mevrouw Van der Wal bij Ikiryo in de buurt is, gooit hij lachend zijn handen in de lucht en rent weer verder. Mevrouw Van der Wal lacht ook en ze loopt achter hem aan. Aan het einde van de gang wacht Ikiryo weer, tot mevrouw Van der Wal bijna bij hem is. Dan herhaalt hetzelfde patroon zich. De robot rent de hoek van de gang om en roept dan weer naar mevrouw Van der Wal. Het lijkt erop alsof Ikiryo haar probeert mee te lokken en mevrouw Van der Wal laat zich blijkbaar maar al te graag leiden. Ik ben benieuwd wie van die twee als eerste moe zal worden van hun spelletje. Waarschijnlijk Ikiryo.

In de tuin zit Christiaan te roken. Zoals altijd kan het hem niks schelen of ze binnen zijn hulp kunnen gebruiken.
"Cynthia is helemaal over de zeik," zegt Christiaan. "Dus ik ben maar even weggevlucht naar de tuin. Als ze eenmaal op gang komt, blijft Cynthia makkelijk een half uur tegen je aan zeuren over wat er allemaal mis is met de leiding in ons complex. En als ze dat heeft gedaan, zeurt ze weer dat ze te weinig tijd heeft om haar werk uit te voeren. Als ze gewoon eens op zou houden met klagen, dan hoeft ze die tijd later ook niet meer in te halen."
"Wat is er aan de hand dan?" vraag ik.
Christiaan grinnikt.

"Oké, eigenlijk mag ik dit niet zeggen," zegt hij. "Maar Cynthia heeft het nu toch al aan alle verplegers verteld. Vanochtend bij het aankleden werkt Cynthia haar ronde af en eigenlijk is ze dan al gestrest. Ze begon al wat later, omdat we vanochtend het nieuws over meneer Braiser hoorden. En ze vindt sowieso al dat ze overal te weinig tijd voor heeft."
"Ja, daar begon ze laatst ook over tegen mij," zeg ik. "Alsof ik er wat aan kan doen. Ze legde me haarfijn uit dat de verzekeraars blijkbaar precies hebben uitgerekend hoelang alle handelingen mogen duren en dus ook hoeveel cliënten ze per uur uit bed kan halen. Alleen de verzekeraars zijn vergeten om de tijd mee te rekenen die ze nodig heeft om van de ene kamer naar de andere te lopen. Dus per cliënt komt ze een paar seconden tekort en die achterstand loopt steeds verder op."
Ik haal me weer voor de geest hoe neurotisch Cynthia soms door de gangen kan rennen. Waarschijnlijk tellen die paar minuten dat ik mezelf was voor haar niet eens mee als productieve minuten. Ik voel me bijna schuldig dat ik haar vanochtend heb lastiggevallen met mijn vragen.
"En de verzekeraars hebben ook geen rekening gehouden met de tijd die we na afloop van onze dienst nodig hebben om in het systeem vast te leggen welke handelingen we hebben verricht," zegt Christiaan. "Want die tijd is in hun ogen niet productief. Dus eigenlijk kom je altijd wel tijd tekort."
"Hoe doe jij dat dan?" vraag ik, terwijl ik het antwoord eigenlijk al weet.
"Ik voer mijn werk maar half uit," bekent Christiaan, alsof het de normaalste zaak van de wereld is.
"Daardoor hou ik tijd over voor de administratie, die ik overigens ook maar half doe; en voor andere zaken."
Christiaan kijkt tevreden, terwijl hij nog een trekje neemt van zijn sigaret. Ik heb 's ochtends nooit zin om te roken.

"Dus vanochtend was ze al gestrest, zoals eigenlijk elke ochtend wel. En ze was ook een beetje van slag door wat er met meneer Braiser was gebeurd. En net als ze een van de bewoners, ik zeg niet wie, want dat zou niet netjes zijn, ook al heeft Cynthia zelf wel zijn naam op de personeelskamer aan iedereen verteld; net als ze hem heeft gedoucht en aangekleed, schijt hij zijn hele broek vol. Dus Cynthia kon weer helemaal opnieuw beginnen. Kleren uit, op het toilet zetten, weer onder de douche en schone kleren aangetrokken. Uiteindelijk is ze hierdoor wel zo'n twintig minuten extra bezig geweest."
Ik leef een beetje mee met Cynthia, maar ook wel met de bewoner, wie het ook mag zijn.
"En het mooiste moet nog komen," zegt Christiaan, die zijn lachen nauwelijks nog in kan houden.
"Van Johanna mocht Cynthia die extra handelingen niet in het systeem zetten, omdat die toch niet vergoed worden. Ze zouden alleen maar onze cijfers naar beneden halen. Het eindresultaat is immers hetzelfde: een schone bewoner die aangekleed en wel uit bed is geholpen. Het heeft alleen twintig minuten langer geduurd en dat is slecht voor onze driemaandelijkse performance-scan. Dus ze moest die handelingen op eigen tijd boeken, net alsof ze even twintig minuten pauze had genomen. Johanna tevreden, verzekeraars tevreden, bewoner tevreden. Eigenlijk iedereen tevreden, behalve Cynthia. Dus nu loopt ze al sinds het ontbijt te klagen over Johanna en over de zorg in het algemeen en het ziet er niet naar uit dat ze snel ophoudt."
Soms vraag ik me af wie er nou meer empathisch vermogen heeft; Christiaan of de robot. En toch vind ik het ergens wel prettig om te weten dat er nog mensen zoals hij rondlopen in onze instelling. Christiaan is het bewijs dat we niet allemaal gek zijn. Door hem voelt het nog alsof we ons niet allemaal zomaar laten gijzelen door het keurslijf van de grote

zorgconglomeraten. Ik neem nog een slok van mijn koffie. Door het raam zie ik dat Cynthia ondertussen druk bezig is om de sinterklaasversiering op te ruimen. Ze kijkt een paar keer geërgerd naar Christiaan die rustig zit te roken, maar ze komt niet naar buiten om te vragen of hij even kan helpen.
"Oh ja, ik zou het bijna vergeten," zegt Christiaan. "Johanna wil je spreken. Ze zei dat je vanochtend iets had gezegd over Ikiryo en meneer Braiser."
Onderweg naar de kamer van Johanna moet ik voor de tweede keer Ikiryo ontwijken. Hij lijkt nog steeds verstoppertje te spelen met mevrouw Van der Wal. "Wacht even, Ikiryo," zegt ze, nu wat harder hijgend dan daarvoor. "Ik kom eraan, hoor."
Ikiryo lacht alleen maar en lokt haar verder de gang door.

De kamer van Johanna is naar mijn smaak altijd net iets te netjes opgeruimd. Geen lege koffiebekertjes, geen rondslingerende dossiers of aantekeningen; zelfs de pennen steken allemaal keurig uit het potje dat ze waarschijnlijk speciaal voor dat doel heeft aangeschaft bij de Xenos. Iemand die haar werkplek zo strikt op orde houdt, moet wel een akelige persoonlijkheid hebben. Johanna loopt al een paar jaar achter de steeds verschuivende pensioenleeftijd aan en waarschijnlijk zal ze die binnenkort eindelijk inhalen. Ze werkt alweer twintig jaar bij onze instelling, waarvan de laatste vijf jaar als hoofd van de verplegers. Ze kijkt me niet echt vriendelijk aan als ik binnenkom en aanschuif bij haar bureau. Het voelt een beetje alsof ik bij de rector van mijn oude school moet komen. En dat was ook nooit een goed teken.
"U wilde me spreken?" vraag ik.
"Ja, dat klopt. Ik hoorde dat je vannacht weer door de gangen hebt gelopen."

"Ik kon niet slapen vannacht. Dus ik dacht, laat ik maar wat gaan lopen. Ik word altijd rustig als ik wandel."
"Je weet dat ik dat liever niet heb."
Oh nee, deze discussie weer.
"Wat als je valt? Dan lig je misschien wel de hele nacht alleen op die koude gang tot iemand je vindt. Of je kunt wel iets breken."
Ik heb het vermoeden dat Johanna zich meer zorgen maakt over de reputatie van de instelling dan over mijn gezondheid. Ik begin een beetje geïrriteerd te raken.
"Ik kan nog prima lopen," zeg ik. "Ik loop zelfs de trap op zonder problemen. En ik zie alles ook nog goed. De lichten blijven hier toch de hele nacht branden op de gangen. Hoe vaak valt u zomaar om als u ergens heen loopt?"
Johanna kijkt me streng aan, maar ze zegt niks.
"We hebben het hier toch al vaker over gehad?" vraag ik. "We hebben afgesproken dat ik 's avonds van mijn kamer af mag als ik niet kan slapen."
Johanna reageert niet op die opmerking.
"Ik hou er niet van als mensen liegen," zegt ze. Ik vraag me af wat ze bedoelt. Die afspraak, inclusief de belofte dat mijn kinderen de instelling niet zullen aanklagen als ik van de trap af donder, hebben we toch allebei formeel ondertekend? Als dat de afspraak is, dan lieg ik daar toch niet over?
"En ik vind het al helemaal smakeloos om dat te doen rond die hele situatie die we vanochtend met meneer Braiser hebben gehad. Dat is al triest genoeg zonder jouw grappen."
"Hoe bedoelt u?"
"Cynthia heeft verteld dat u vannacht langs de kamer van meneer Braiser bent gelopen. U zei dat Ikiryo daar was."
"Ik hoorde hem, ja," zeg ik. "De deur was dicht, maar ik hoorde duidelijk een hoge stem die met meneer Braiser aan het praten was. Dat kan alleen maar Ikiryo zijn geweest."

"Ik heb het nagekeken," zegt Johanna. "Ik heb de logboekgegevens van Ikiryo gedownload en ik heb zijn locatiegegevens uitgelezen. Ikiryo was de hele nacht in zijn oplaadstation."
"Wat? Dat kan niet kloppen."
"Hij is tussen één uur 's nachts en half zeven 's ochtends niet van zijn plek geweest. Dus of het is een flauwe grap van jou, of je hebt je vergist. Maar het staat in ieder geval vast dat je Ikiryo niet kunt hebben gehoord op de kamer van meneer Braiser."
Ik begrijp er niks van. Ik heb het zelf toch duidelijk gehoord? De robot zat bij meneer Braiser op de kamer en hij zong sussend een liedje, terwijl meneer Braiser moest huilen. Ik kan me niet voorstellen dat ik me heb vergist.
"Heeft u de gegevens misschien verkeerd gelezen?" vraag ik. Johanna kijkt me aan alsof ik haar zojuist heb gevraagd of ze van de muziek van Zanger Rinus houdt.
"Nee," zegt ze kortaf. "En als jij niet wilt toegeven dat je niet de waarheid spreekt over vannacht, dan heb ik er nu even niets meer over te zeggen." Ze pakt een dikke map met dossiers uit haar kast en slaat hem open.
"Ik moet vandaag nog deze hele map doornemen," zegt ze, waarmee ze eigenlijk bedoelt dat ik weer kan gaan. "Er komt een nieuwe bezuinigingsronde aan, dus de verzekeraars willen voor het einde van de week weten hoe goed ieder personeelslid presteert."
Arme Cynthia, denk ik.
"En ik moet vandaag ook nog al het papierwerk afhandelen voor meneer Braiser."
Ik besluit om Johanna verder maar alleen te laten met haar dossiers en loop terug naar mijn kamer. Ik heb geen zin om met haar in discussie te gaan. Ze luistert toch nooit naar me.

Hoofdstuk 5

Die nacht slaap ik weer onrustig. Ik droom dat ik op mijn kamer lig in mijn eigen bed. Buiten stormt het. Het onweert en de regen slaat door de wind hard tegen de ramen. Dan breekt het raam met een luide knal en stroomt de hele kamer vol met water. De storm raast door de donkere kamer. Mijn bed drijft door het raam naar buiten. Ik drijf op een volle zee met metershoge golven en ijsschotsen die ver boven mij uit het water steken. Bliksemschichten flitsen door de lucht. Het bed verdwijnt onder mij. Ik worstel uit alle macht om boven water te blijven. En dan zie ik gelukkig dat Johanna er ook is. In de stromende regen komt ze voorbij varen in een reddingssloep. Aan de rand van de sloep hangen andere bewoners van onze instelling; verkleumd en wanhopig. Maar in plaats van dat Johanna deze mensen aan boord helpt, mept ze iedereen die omhoog klimt juist met een roeispaan terug de zee in.

"We hebben geen budget meer," roept ze boven het geluid van de wind en de donder uit. "We kunnen niemand meer aan boord nemen. Het geld is op." Diverse bewoners krijgen een rake klap van de roeispaan in hun gezicht en verdwijnen in het donkere water. Cynthia hangt ook aan de rand van de boot. Ze worstelt om aan boord te komen en probeert ondertussen ook nog om anderen omhoog te helpen. Even lijkt het erop alsof het haar lukt om zichzelf te redden, maar dan wordt ze door Johanna weer het koude water in geduwd.

"Ga weg. Je haalt onze statistieken naar beneden."

Ondertussen komt Christiaan op zijn gemak voorbij drijven op een luchtbed. Hij heeft een cocktail in zijn hand en zegt met een ironische glimlach: "Relax. Er is toch nooit genoeg tijd. Dus waarom zou je je daar druk over maken?"

Ik probeer te ontspannen, maar het enige wat ik voel is angst. Het koude water voelt beangstigend echt aan. En net op het moment dat ik wat rustiger word, voel ik hoe een metalen hand zich om mijn enkel sluit. Met een onvoorstelbare kracht word ik onder water getrokken, de donkere diepte in. Met een schreeuw word ik wakker.
Het is weer stil om mij heen. Buiten regent het niet. En toch voelde de droom zo echt. Ik zou zweren dat ik net op volle zee terecht was gekomen. Nog een beetje natrillend van de heftige droom stap ik uit bed. Ik trek mijn ochtendjas aan. Er is geen beter remedie tegen een nachtmerrie dan een korte wandeling.

Ik besluit om deze nacht een andere route te lopen. Ik wil vanavond niet langs de kamer van meneer Braiser komen. Deze instelling is overdag al eng genoeg, als de bewoners allemaal door de gangen dwalen. Ik heb geen zin om dan 's nachts ook nog hun geesten tegen te komen. Zoals altijd word ik gestuurd door mijn intuïtie. Ik hou niet eens meer bij hoe vaak ik afsla of hoeveel gangen ik passeer. Alle gangen lijken hier op elkaar en toch weet ik na zoveel jaar precies waar ik ben. Ik loop door het centrale trappenhuis helemaal naar de begane grond. Vier trappen die ik straks ook weer omhoog moet lopen, want de lift maakt te veel lawaai om 's nachts te gebruiken. Ik ben de droom alweer bijna vergeten als ik in het atrium uitkom. De grote centrale hal vlak voor de hoofdingang. Overdag is deze ruimte altijd gevuld met het lawaai van bewoners en verplegers die op weg zijn van of naar hun kamer of het restaurant. Nu hoor ik helemaal niks; alleen mijn ademhaling en de zachte stappen op de vloer. Er branden maar een paar lampen in de hal. Ik loop langs de receptie die verlaten is. De portier zal op dit moment wel ergens door het gebouw lopen op zijn ronde.

En terwijl ik naar de receptie kijk en verder loop, merk ik dat ik in iets nats stap. Eigenlijk hoor ik het eerst aan het geluid en pas daarna voel ik dat er vocht in mijn pantoffel trekt. Ik kijk naar de vloer. Het is een kleine plas bruin water. Zou het dak lekken? De plas is te donker om regenwater te zijn. Ik kijk omhoog, naar de grote glazen koepel die zestien verdiepingen boven de vloer hangt. Daar is niks aan te zien. Het regent in ieder geval niet. Als er regen op de koepel valt, is dat in het hele atrium goed te horen en dan moeten de bewoners die dicht bij het atrium wonen opeens veel vaker naar het toilet. Ik kijk naar de vloer en dan zie ik dat er nog meer kleine plassen liggen. Een heel spoor dat dwars door het atrium heen loopt en bij de lift stopt. Het lijkt op een spoor van voetstappen, alleen zijn de plassen te klein om echte voetstappen te zijn. Ze lijken eerder op de stappen van een kind. Het spoor lijkt van buiten te komen. De plassen vlak bij de deur naar de tuin zijn natter dan de stappen bij de lift. Die laatste sporen zijn al bijna opgedroogd.
Ik kijk naar de deur en even bekruipt mij weer het gevoel dat ik in mijn droom had. Buiten is het donker. Het voelt alsof er achter die deur een stortvloed aan water wacht die de hal in zal stromen zodra ik de deur open. Ik twijfel wat ik nu moet doen. Moet ik het spoor naar buiten toe volgen om te kijken waar de natte plassen vandaan komen? Of moet ik terug naar mijn kamer gaan voordat ik op mijn kop krijg van Johanna voor de modder in haar pas geboende hal? Ik heb aan Johanna beloofd dat ik 's nachts in het gebouw zou blijven. Dat ik niet zomaar de tuin in zou lopen met alleen mijn ochtendjas aan. Uiteindelijk wint mijn nieuwsgierigheid het toch van mijn gehoorzaamheid. Ik toets de code in om de deur te openen, trek mijn ochtendjas wat steviger dicht en stap de tuin in.
Het vriest vannacht licht. Het gras en de struiken zijn bedekt met een dun laagje rijp en mijn adem komt in wolkjes uit mijn

mond. Het spoor met de kleine voetstappen loopt vanaf de deur het grasveld op. En op het grasveld zie ik in de rijp ook een ander spoor. Er zijn twee sporen met dezelfde regelmatige kleine voetafdrukken. Een half vervaagd spoor dat verder het grasveld op loopt en een verser spoor dat weer van het grasveld af loopt richting de ingang. En naast het eerste spoor zie ik nog een ander spoor lopen. Een spoor met grotere voetstappen. Volwassen voetafdrukken die met kleine, aarzelende stappen het grasveld op zijn gelopen en daarna niet meer terug zijn gekomen. Ik stap het grasveld op om de voetafdrukken te volgen. Het maakt me niet uit dat mijn pantoffels nat worden door het vochtige gras. Mijn hart begint harder te kloppen. Ik weet niet of dat door de spanning komt of door de kou. Waarschijnlijk een combinatie van beide. Ik voel dat er iets mis is met die sporen. Het is te stil in de tuin. Ik ga steeds harder lopen, verder het grasveld op en verder de duisternis in. Tot ik aan de rand van de vijver sta. En dan zie ik het. Het voelt nog als een droom, maar ik zie het echt. Voor een paar seconden weet ik niet wat ik moet doen. Midden in de vijver zie ik, duidelijk zichtbaar in het licht van de maan, een lichaam drijven. Een lichaam dat dezelfde kleding aanheeft als mevrouw Van der Wal vanmiddag.

Hoofdstuk 6

De ambulancemedewerkster kijkt me nog eens goed in de ogen en zegt dan dat ik er wel overheen kom.
"Uw temperatuur is weer goed en uw bloeddruk ook. En ik moet zeggen dat u een prima conditie heeft voor iemand van uw leeftijd."
Ze haalt de deken met zilverachtig folie van mijn rug af. Ik zit in mijn gemakkelijke stoel op mijn eigen kamer en heb net een schone set kleding aangetrokken met daaroverheen mijn winterjas. Tegenover mij zit een van de twee ambulancemedewerkers die samen op de oproep zijn afgekomen. Het is een pittige vrouw met kort zwart haar die me aankijkt met in haar ogen een mengeling van oprechte bezorgdheid en ook slecht verborgen irritatie om mijn roekeloze gedrag. Haar partner is nog bezig met het lichaam van mevrouw Van der Wal.
"Maar toch zou ik voor nu maar even een paar uur met een flinke pot thee in bed kruipen," zegt ze. "U bent niet onderkoeld, maar het was erg risicovol om zomaar in dat koude water te duiken. Waarom heeft u geen hulp ingeroepen?"
"Nou ja, ik heb er niet echt over nagedacht," zeg ik. "Ik handelde gewoon instinctief. Ik moest wat doen. En u heeft gelijk dat het een erg dom idee van me was om die vijver in te springen. Daar kwam ik zelf ongeveer een seconde te laat achter. Als die vijver iets dieper was geweest, dan had ik daar nu ook in rondgedreven."
"Wat deed u daar eigenlijk, zo midden in de nacht? Waarom was u buiten met die kou?"

Ik denk er weer aan terug. En dan zie ik de voetafdrukken in het gras weer voor me. De voetafdrukken die te klein waren om van een volwassene te zijn.
"Ik loop wel vaker 's nachts een rondje door onze instelling," zeg ik. "Daar word ik lekker rustig van als ik niet kan slapen. En eenmaal in de hal aangekomen, wilde ik graag een luchtje scheppen."
Ik zeg niks over de voetstappen die ik naar de vijver heb gevolgd. Ik heb al een vermoeden van wie die voetstappen geweest kunnen zijn.
"Heeft u trouwens nog iets vreemds gemerkt aan mevrouw Van der Wal?" vraag ik.
"Hoe bedoelt u, 'iets vreemds'?"
"Een vreemde verwonding aan haar lichaam ofzo. Een blauwe plek, gescheurde kleding."
Of metalen handafdrukken rond haar nek, voeg ik er in gedachten aan toe.
"Nee, ik heb eigenlijk niks vreemds kunnen ontdekken. Ze wordt later vandaag nog uitvoeriger onderzocht in het mortuarium, maar op het eerste gezicht heb ik geen verwondingen gezien. Het lijkt erop alsof ze vannacht op de een of andere manier in de vijver terecht is gekomen en dat ze er niet meer op eigen kracht uit kon klimmen."
"Maar waarom is ze niet gaan staan? Dan kon er toch niks gebeuren? Het water komt maar tot mijn middel."
De ambulancemedewerkster denkt even na. Door het raam zie ik hoe een brancard met een wit laken eroverheen in een zwarte auto wordt geladen.
"Nu u het zegt, is me trouwens wel iets opgevallen," zegt ze. "Ik heb er niet echt bij stilgestaan, maar ik herinner me dat, toen we hier net aankwamen, een van de verplegers van de instelling haar aan het reanimeren was."

"Dat had al geen zin meer," zeg ik. "Haar hele lichaam voelde al stijf aan toen ik haar uit het water haalde."
"Ja, alleen heb ik het nog een tijdje overgenomen voor de zekerheid en daarbij merkte ik dat ze water in haar longen had."
"Dus?"
"Dat betekent dat ze verdronken is. Ze is niet door onderkoeling gestorven; en ook niet door uitputting. Ze kon geen adem meer halen. En dat moet dan vrij snel zijn gegaan. Ik denk dat ze het hooguit twintig tot vijfentwintig minuten uit zou hebben gehouden in dat water voordat ze aan de kou zou bezwijken. En ze is ook niet gestorven aan een hartaanval. Ze heeft in haar laatste ogenblikken water ingeslikt in een ultieme poging om nog lucht binnen te krijgen. En dat gebeurde in een laag water waarin ze gewoon kon staan."
"Is het mogelijk dat ze dit zelf gedaan heeft?" vraag ik.
"Eerlijk gezegd begon mevrouw Van der Wal al een beetje in de war te raken. Gisteren liep ze de hele dag achter de robot aan."
"De robot?"
"Ikiryo. We hebben sinds begin deze week een nieuwe zorgrobot rondlopen die het personeel ondersteunt."
"Een zorgrobot? Oh, wat leuk."
Nee, hij is niet leuk! Dat ding is het duurste en meest nutteloze object dat deze instelling binnen is komen wandelen sinds onze interim-directeur is aangetreden.
"Hij is wel knap gemaakt," zeg ik maar. "Ze zeggen dat hij een zelflerend vermogen heeft. Dus hij kan zichzelf nieuwe dingen aanleren of hij kan bepaalde vaardigheden verbeteren."
Wat dat betreft is de robot een stuk zelfstandiger dan de meeste personeelsleden hier.
"Gaaf zeg," zegt de vrouw. "Nou, ik laat je verder over aan het personeel hier."

Ze pakt haar spullen weer in en trekt haar geelgroene jas aan. "Volgens mij komt het wel goed. Als u merkt dat u verkouden wordt of rillingen krijgt, moet u langsgaan bij uw arts. En u moet beloven dat u 's nachts niet meer de vijver in duikt."

Bij het avondeten vertel ik voor de vijfde keer die dag mijn verhaal. Ik heb het eerst aan de bewaker verteld die mij gevonden heeft in het atrium. Daarna aan de ambulancemedewerkers. Vervolgens aan Cynthia en een groepje nieuwsgierige bewoners en personeelsleden. En nu vertel ik het aan Jan, Kees en Karel. Iedere keer dat ik het vertel, wordt mijn verhaal iets spannender.
"En heb je die voetsporen daarna nog gevolgd?" vraagt Jan plotseling, terwijl ik geanimeerd bezig ben om met behulp van twee stukjes soepstengel en de kom kerriesoep van Kees mijn reddingsactie uit te beelden.
"Sorry?"
"Die voetsporen," zegt Jan. "Je zei dat er twee sporen richting de vijver gingen en dat er maar een spoor terug naar binnen liep. En je zei dat die voetsporen in het atrium nat waren."
"Ja, dat klopt," zegt Karel. "Dan moet er iemand bij zijn geweest, toch?"
"Misschien zag iemand het gebeuren en is die persoon daarna hulp gaan halen," zegt Kees.
"Nee," zeg ik. "Dat heb ik nagevraagd. Ik was de eerste die alarm heeft geslagen. En de voetafdrukken waren trouwens veel te klein om van een volwassene te zijn."
Ik kijk om me heen om te zien of er iemand meeluistert met ons gesprek. De meeste bewoners zijn druk in de weer met hun bord eten of ze praten na over de aflevering van *Boer zoekt vrouw* van afgelopen zondag. In de eerdere versies van mijn verhaal van vandaag heb ik niks gezegd over de voetstappen

die ik heb gezien. Dat heb ik alleen aan Jan, Kees en Karel verteld. Ik besluit om nu ook mijn andere vermoeden te delen.
"Weet je wat ik denk?" vraag ik. "Ik denk dat het voetafdrukken van Ikiryo waren. Volgens mij heeft die robot er op de een of andere manier iets mee te maken."
"Ikiryo?" vraagt Karel. "Denk je dat het zijn voetstappen waren? Maar waarom heeft hij dan geen hulp ingeroepen? Hij kan toch verbinding maken met het personeel of met de alarmcentrale?"
"Ja, of waarom heeft Ikiryo dan niet zelf geprobeerd om mevrouw Van der Wal uit het water te halen?" vraagt Kees.
Daar heb ik zelf ook aan gedacht bij het zien van de voetsporen en daar heb ik wel een theorie over.
"Misschien heeft Ikiryo niet geholpen, omdat hij mevrouw Van der Wal zelf in de vijver heeft geduwd," zeg ik.
De anderen kijken me ongelovig aan.
"Gisteren liep Ikiryo de hele dag door de gangen te rennen. Ik weet dat het gek klinkt, maar het leek erop alsof hij mevrouw Van der Wal op dezelfde manier achter zich aan lokte. Hebben jullie haar gisteren niet als een blij kind achter die robot aan zien lopen? Wat nou als hij vannacht mevrouw Van der Wal mee naar buiten heeft gelokt en haar daar in het donker de vijver in heeft laten lopen? De ambulancemedewerkster zei dat ze verdronken was. Ze was niet onderkoeld; ze is verdronken. En de vijver is maar een meter diep. Iemand of iets moet haar onder water hebben gehouden tot ze stikte."
"Man, je bent niet goed bij je harses," zegt Kees. "Hoe kan die robot dat nou doen?"
"En waarom zou een robot dat doen?" vraagt Karel. Hun reactie verbaast me niet echt. Ik heb mezelf de hele dag al dezelfde vragen gesteld die Kees en Karel aan mij stellen.
"Welke andere verklaring hebben jullie hier dan voor?"
"Heeft iemand anders die voetsporen ook gezien?" vraagt Jan.

"Nee, de sporen waren opgedroogd toen ik weer binnen kwam. Die bewaker heeft ze niet gezien."
"Dan heb ik nog een andere verklaring voor de dood van mevrouw Van der Wal, maar dat is een verklaring die jij niet leuk zult vinden."
Ik kijk Jan vragend aan.
"Jij hebt het gedaan," zegt hij half lachend.
"Dat meen je niet."
"Je zei het net zelf: iemand moet haar hoofd onder water hebben gehouden. En jij bent de enige die erbij was, dus jij was het. Je hebt die voetsporen alleen maar verzonnen om de schuld in de schoenen van Ikiryo te schuiven."
Jan, Kees en Karel kijken alle drie naar mij. Dan barsten ze tegelijk in lachen uit.
"Maar allebei die theorieën vind ik niet echt geloofwaardig," zegt Jan. "Dus voorlopig zet ik mijn geld maar in op een noodlottig ongeluk."
Ik besluit om mijn poging om mijn vrienden te overtuigen maar op te geven. Als ze ergens niet in geloven, kunnen ze soms net zo koppig zijn als een betonnen muur, vooral Kees. Hij ontkent al jaren het bestaan van zoiets ongrijpbaars als draadloos internet.

Hoofdstuk 7

Diezelfde avond lig ik nog lang wakker voordat ik in slaap val. Ik luister gespannen of ik buiten mijn kamer iets hoor. Iets dat er 's nachts niet hoort te zijn. Een deur die open gaat. Het geluid van de lift. Voetstappen op de gang. Uiteindelijk blijft het stil en val ik toch in slaap. Deze keer droom ik over Ikiryo. Ik heb geen idee meer wat ik precies heb gedroomd, maar ik weet dat Ikiryo erin voorkwam. Ik heb het gevoel dat ik aan het vallen ben, voor ik met een schok wakker word in mijn bed. Het voelt alsof ik deze nacht langer heb geslapen dan anders. Het is eerder zeven uur dan vier of vijf uur, want ik hoor op de gang alweer mensen bewegen. Ik kijk op de klok en zie dat het inderdaad al vijf over zeven is. Ik ben vannacht niet halverwege de nacht wakker geworden; heel vreemd. Gelukkig hoor ik vandaag geen geluid van een ambulance die zich richting onze instelling haast.

Cynthia lijkt vandaag gestrester dan ooit, terwijl ze mij 's ochtends aankleedt.

"Er komt weer een taakstelling aan," zegt ze. "Gisteren hebben we het gehoord van Johanna. Al het personeel zal door een externe consultant beoordeeld worden en er gaan geruchten dat er misschien wel tien procent uit moet."

Cynthia vergeet de knoopjes van mijn mouwen dicht te doen, dus dat doe ik zelf maar als ze alweer naar de volgende bewoner is. Ik wil haar vandaag niet teveel lastig vallen. Het is nog verdomd lastig om ze dicht te knopen met mijn stramme vingers, dus ik weet nu weer waarom Cynthia dat normaal gesproken altijd doet.

Bij het ontbijt kijk ik onrustig naar de deur van het restaurant, tot ik er zeker van ben dat ik geen bekenden mis. Het lijkt erop

dat alle bewoners deze nacht weer hebben overleefd. Ik breng het onderwerp van gisteren niet meer ter sprake bij Jan, Karel en Kees.
Ikiryo loopt ondertussen rond door het restaurant met een karretje vol kopjes thee en koffie. Hij praat vrolijk in het Japans tegen de bewoners die alleen maar vriendelijk terug lachen. Hij ziet er onschuldig genoeg uit. Zou ik me dan toch om niks zorgen maken?

Ondanks het plotselinge bericht over de taakstelling is het vandaag voor het personeel ook een vrolijke dag. Ze hebben 's middags namelijk een borrel in het vooruitzicht. De interim-directeur heeft vandaag precies vijf maanden bij onze instelling gewerkt en daarom vond hij het wel weer tijd worden voor een nieuwe uitdaging.
Na de lunch zal hij een afscheidsspeech houden voor alle bewoners en vervolgens mogen al zijn zakenrelaties en het personeel dat vanavond niet hoeft te werken het op een zuipen zetten. Christiaan moet vanavond wel werken, maar als ik hem een beetje ken, zal hij toch de hele middag bij de tap staan. Na de afscheidsborrel van de vorige interimmer heeft hij de scootmobiel van meneer Snijders in de prak gereden en vervolgens is het hem ook nog gelukt om mevrouw Van der Wal daar de schuld van te geven.
Niemand van de bewoners is geïnteresseerd in de speech van de directeur. Toch gaat iedereen erheen, aangezien niemand iets beters te doen heeft. Ik heb de directeur hier in de afgelopen maanden welgeteld drie keer binnen rond zien lopen. Een van die keren was om Ikiryo aan al die journalisten te presenteren. De andere keren leken hij vooral veel haast te hebben om weer in zijn dienstauto te stappen. Ik kan me niet meer voor de geest halen hoe deze interim-directeur ook

alweer heet. Maar dat wist ik van de vorige vijf interimmers ook al niet.

We verzamelen ons na de lunch dus allemaal maar weer in het atrium om zijn verhaal aan te horen. Ik ga na het eten nog even snel naar boven om mijn tanden te poetsen. Op de terugweg zie ik dat Ikiryo vandaag weer voor piccolo speelt in de lift. Even aarzel ik. Wil ik wel alleen met Ikiryo in de lift stappen? Is het misschien veiliger om toch de trap te pakken? Dan bedenk ik weer dat ik waarschijnlijk overdrijf. Wat kan er mis zijn met een robot?

"Ik wil naar de begane grond, takkeding," zeg ik, terwijl ik de lift in stap.

"Takkeding," zegt Ikiryo vrolijk en drukt op het knopje om de deuren te sluiten.

Ik kijk hem verbaasd aan. Sprak dat ding nou Nederlands? Of herhaalt hij gewoon het laatste woord dat iemand tegen hem zegt? Hoe slim hebben ze die robot eigenlijk gemaakt? Ikiryo steekt zijn hand omhoog alsof hij een high five verwacht. Om de robot een plezier te doen geef ik hem dan maar met tegenzin een high five. Terwijl de lift naar beneden gaat, denk ik aan de droom die ik vannacht heb gehad. Waarom heb ik er zo'n angstig gevoel aan overgehouden?

Op de begane grond gaan de deuren van de lift met een ping open. Bijna bots ik tegen mevrouw Vlieger aan, die net de lift in wil stappen als ik de deur uit loop.

"Dag, mevrouw Vlieger," zeg ik, terwijl ik haar laat passeren. "Gaat u niet naar de toespraak luisteren?"

"Oh, nee hoor," zegt ze. "Ik ga terug naar mijn kamer. Als je één interimmer hebt horen praten, heb je ze allemaal wel gehoord."

Dan ziet ze Ikiryo in de lift staan.

"Dag, jongeman," zegt ze vrolijk. "Wil je mij naar de vijfde verdieping brengen?"

De kleine robot steekt zijn hand uit om haar een high five te geven en drukt met zijn andere hand op de knop om de deuren te sluiten. Mevrouw Vlieger negeert zijn high five handje.
Vlak voordat de deuren dichtvallen, zie ik dat de gezichtsuitdrukking van Ikiryo plotseling verandert. Er gebeurt iets met zijn mond en zijn ogen. Hij lacht niet meer onnozel; het is nu eerder een boosaardige grijns. En ik hoor hem zeggen "Mevrouw Vlieger kapot."
Dan is de deur dicht en vertrekt de lift naar boven. Ik blijf geschrokken voor de liftdeur staan. Wat gaat Ikiryo doen? Ik kijk om me heen of er iemand in de buurt is die het ook gezien kan hebben. De meeste bewoners zitten al netjes in rijen in het atrium, waar de directeur net vrolijk het podium op klimt. Met zijn spijkerbroek, zijn simpele gympen en zijn colbert probeert hij iets te geforceerd casual te zijn, vind ik. Zijn uitstraling past niet bij zijn salarisschaal. Ik besluit om achter mevrouw Vlieger aan te gaan. Die blik in de kille ogen van Ikiryo voorspelde niets goeds. Ik druk op het knopje om de lift terug naar beneden te halen. Uiteraard hebben we in het atrium maar een lift die omhoog gaat. Het zou veel te duur zijn om bij iedere vleugel een afzonderlijke lift te bouwen en dan zou de architect geen geld meer overhouden om die enorme glazen koepel op het dak te realiseren. Er is een andere lift in ons complex, maar die zit helemaal aan het uiteinde van de A-vleugel.
Ik kijk naar de nummers op het display van de lift en wacht ongeduldig af. Het display gaat van vier naar vijf en ik druk nog een paar keer op het knopje, zodat de lift weet dat ik haast heb.
Ondertussen vertelt de directeur achter mij rustig hoe hij onze instelling vijf maanden geleden aantrof en hoe hij sindsdien bezig is geweest om 'zaken op de rit te zetten, initiatieven uit

te laten kristalliseren, de basis op orde te krijgen en de branding van onze instelling te professionaliseren'. Ik vermoed dat de wat oudere bewoners in de zaal bij het woord branding meteen denken aan dat ding waar rotsen in staan. Dan zie ik dat het nummer op het display verder telt naar zes en daarna naar zeven, zonder te stoppen op nummer vijf. Mevrouw Vlieger zei toch dat ze naar de vijfde verdieping wilde? Ik druk nog een paar keer op het knopje, maar de lift komt niet terug. De teller gaat steeds verder naar boven en blijft uiteindelijk stilstaan op nummer zestien, de bovenste verdieping. Wanhopig druk ik weer op de knop. De lift blijft staan op zestien. Hij komt niet meer naar beneden.
Ik denk na over wat ik moet doen. De trap nemen naar de zestiende verdieping? Dat was misschien een optie geweest als ik vijftien jaar jonger was geweest en een half uur de tijd had. Tegenwoordig raak ik al vermoeid als ik vier trappen op moet lopen, ook al maak ik nog dagelijks gebruik van de trap. Toch moet ik iets doen. In mijn hoofd zie ik allerlei akelige beelden voor me van Ikiryo die mevrouw Vlieger in elkaar slaat en haar aan haar haren door de gang sleept. Er zit niks anders op. Ik ren naar de trap en begin aan de lange klim naar boven. De eerste paar trappen gaan nog vrij gemakkelijk. Bij de derde verdieping begin ik voor het eerst te hijgen. Bij de vierde moet ik iets rustiger gaan lopen, terwijl ik weet dat iedere seconde telt. Vanuit het atrium hoor ik de stem van de directeur door de microfoon rustig verder gaan. Hij is bezig om het personeel te bedanken. Vooral Christiaan is volgens hem een voorbeeld voor de rest.
"Jongen, jij hebt alles in je om over een paar jaar misschien ook wel een directeur van een instelling als deze te worden. Ga zo door."
De bewoners en het personeel klappen voor Christiaan.

Ik loop gestaag verder, maar bij iedere verdieping lijkt het zwaarder te worden. Op de achtste verdieping moet ik even blijven staan tot ik weer verder kan lopen. Op de negende verdieping loop ik snel naar de lift om te kijken of die alweer naar beneden gaat. De teller staat nog steeds stil op nummer zestien. Ik luister of ik boven mij iets kan horen, maar ik hoor alleen het geluid van de stem van de directeur en heel af en toe geklap of gelach uit de hal onder mij.
'Kom op,' zeg ik tegen mezelf. 'Nog maar zeven verdiepingen te gaan. Je bent al over de helft.'
Ik loop terug naar de trap en begin vermoeid maar vastberaden aan het laatste deel van de klim. Op de elfde verdieping sta ik weer even uit te hijgen als ik plotseling uit het atrium gegil hoor komen. De directeur is abrupt opgehouden met zijn verhaal. Ik ren naar de balustrade en kijk naar beneden de hal in. Beneden is het een grote chaos. Stoelen vallen om en rollators en scootmobielen botsen tegen elkaar. De bewoners proberen weg te komen van het podium, waar mevrouw Vlieger zojuist boven op het hoofd van de interim-directeur terecht is gekomen. Beiden zijn duidelijk op slag dood. En terwijl het gillen doorgaat, kijken steeds meer mensen naar boven om te zien waar mevrouw Vlieger vandaan kwam. Er is niets te zien op de zestiende verdieping. Ze zien alleen mij staan, voorovergebogen over de balustrade op de elfde verdieping.

Hoofdstuk 8

Ik ben nog steeds in shock als ik twee uur later bij Johanna op de kamer zit. Naast Johanna zit een agent. Voor de deur achter mij staat nog een agent, alsof ze er rekening mee houden dat ik zomaar op kan springen en de benen kan nemen. Ik ben in ieder geval blij dat allebei de agenten hun dienstpistool hebben moeten inleveren bij de hoofdingang toen ze hier naar binnen gingen. Ik probeer te bevatten wat er nou is gebeurd vanmiddag.

"Dus als ik het goed begrijp," zegt de agent die tegenover mij zit. "Denkt u dat Ikiryo, de eh.... zorgrobot die hier in de instelling werkt, mevrouw Vlieger naar beneden heeft gegooid."

De agent wisselt een veelbetekenende blik uit met de agent die bij de deur staat. Ik zie aan zijn ogen al dat hij mij niet gelooft.

"Ja. Er was niemand anders in de buurt. Alle anderen zaten beneden in de zaal te luisteren naar de toespraak. Ikiryo was de laatste die haar heeft gezien."

"De zorgrobot, mevrouw Vlieger en u waren de enigen die op dat moment niet in het atrium waren, klopt dat?"

"Ja."

"En ik heb ook begrepen dat u gisterochtend degene was die mevrouw Van der Wal heeft gevonden in de vijver?"

"Ja, maar wat heeft dat met mevrouw Vlieger te maken?"

Ik begin al te begrijpen waar de agent heen wil.

"Ik zal eerlijk tegen u zijn," zegt hij. "Er zijn op dit moment twee plausibele scenario's waar we rekening mee houden. Een van die scenario's is suïcide. En bij het andere scenario speelt de robot in ieder geval geen rol van betekenis."

"Heeft u de beelden al teruggekeken die Ikiryo maakt?" vraag ik.

"Dat hebben we geprobeerd," zegt Johanna. Sinds de val van mevrouw Vlieger kijkt ze mij nog ijziger aan dan normaal. Ze is ook geschokt door haar gruwelijke dood. "Helaas is de videofunctie van Ikiryo al twee dagen stuk. Er komt morgen een monteur langs om dat systeem te repareren."
"En zijn gps-tracker? Je kunt toch controleren of hij op de zestiende verdieping is geweest?"
"Ook stuk. Ikiryo is natuurlijk nog maar een testversie. Onze instelling is de eerste instelling in Europa die hem in de praktijk uitprobeert. Dan is het logisch dat er nog wat storingen en kinderziektes in zijn systeem zitten."
"Dat is wel heel toevallig," zeg ik. "Dat precies die systemen uitvallen waarmee we kunnen controleren wat die robot doet."
"We hebben zijn logboek uitgelezen," zegt Johanna. "Daarin is precies vastgelegd welke zorgprotocollen de robot vandaag heeft uitgevoerd en daarin is niets te vinden over de val van mevrouw Vlieger."
"We kunnen in ieder geval uitsluiten dat het hier om een ongeval gaat," zegt de agent. "Daarvoor is de balustrade te hoog. Ze moet er uit eigen beweging overheen zijn geklommen of iemand heeft haar geduwd."
Ik kijk achterom naar de agent die voor de deur staat. Hij houdt mijn bewegingen nauwlettend in de gaten.
"Ben ik een verdachte?" vraag ik onthutst.
"Ja. Op dit moment zien wij u als een verdachte. Totdat we meer onderzoek hebben kunnen doen naar de toedracht en de twee slachtoffers."
De agent tegenover mij spreekt op een zakelijke manier. De shock die ik voel slaat om in paniek. Ik probeerde juist te helpen.
"Word ik gearresteerd?"

“Dat lijkt ons vooralsnog niet nodig. U zit al in deze instelling en hier kunt u in ieder geval de zorg krijgen die u nodig heeft. Die faciliteiten hebben we bij ons niet.”
Ik wil tegen Johanna schreeuwen dat ze mij moet helpen. Zij zou toch aan mijn kant moeten staan?
“U krijgt voorlopig thuisdetentie opgelegd en u mag de instelling uiteraard niet verlaten, maar ik heb begrepen dat u toch al niet naar buiten mocht.”
Ik kijk Johanna aan. Haar ogen verraden niets van wat er op dit moment door haar heen gaat.
“Ik wil een advocaat spreken,” zeg ik.
Ik heb in mijn hele leven maar een keer met een advocaat te maken gehad. En dat was jaren geleden, voordat ik in deze instelling terechtkwam. Niet dat die advocaat mij toen veel heeft geholpen. Welk bureau was het ook alweer?
“Uiteraard,” zegt de agent. “Maar maakt u zich geen zorgen. Dit is echt alleen maar een tijdelijke maatregel, tot de zaak is opgehelderd.”
“En wat houdt die thuisdetentie dan in? Komt er vierentwintig uur per dag een agent voor mijn deur te staan? Krijg ik een enkelband?”
“Oh, nee hoor, daar heeft onze regio het budget niet voor. En we hebben gemerkt dat er teveel wordt geknoeid met de enkelbanden, dus die hebben we jaren geleden al afgeschaft. Nee, voor de thuisdetentie maken we nu gebruik van een veel goedkoper instrument. We zijn er net vorige maand een proef mee gestart.”
De agent begint steeds enthousiaster te vertellen.
“Wij zijn de eerste regio in Nederland; nee, in heel Noord-Europa zelfs, die hiermee experimenteert. We zijn er zelf erg trots op. Vorige week nog is de directeur gevangeniswezen uit Sint Petersburg bij ons op bezoek geweest om ons programma

te bekijken. Volgens mij is dit echt de toekomst van onze handhavingstaken."
Ik hou niet van agenten die heel enthousiast worden als ze het hebben over de toekomst van hun handhavingstaken. Dat heeft nog nooit iets opgeleverd waar de samenleving beter van is geworden.
Er wordt zacht op de deur geklopt.
"Ah, daar zul je hem net hebben," zegt de agent.
De andere agent doet de deur open en daar staat een stevige gestalte van twee meter lang, geheel in het zwart en met een bleek gezicht. Hij ziet er sterkt en robuust uit, maar toch beweegt hij zich ook verrassend soepel. De ontwerper die hem heeft bedacht, heeft hem een veel strenger gezicht gegeven dan Ikiryo. Het ziet er intimiderender uit dan het vrolijke gezicht van de kleine zorgrobot. Deze robot heeft rode ogen.
"Dit is Yojimbo," zegt de agent bij de deur. "Jouw thuisdetentie-maatregel."
Yojimbo steekt zijn metalen arm omhoog en de agent geeft hem vrolijk een high five.

Hoofdstuk 9

De robot blijft 's nachts bij mij op de kamer. Hij gaat niet uit. Niet op stand-by. Hij wacht gewoon de lange uren dat ik in bed lig rustig af tot ik weer iets ga doen. Ik hoor Yojimbo niet. Hij maakt geen enkel geluid. Geen bliepjes, geen radertjes die draaien, geen ventilator. Ik hoor zelfs geen ademhaling, terwijl ik dat wel zou verwachten als ik naar dat lichaam kijk dat naast mijn bed in een stoel zit. Dat is misschien de reden dat ik vanavond maar moeilijk in slaap kan komen. Die totale stilte, terwijl ik toch zo nadrukkelijk zijn aanwezigheid voel. De ogen die mij zonder emotie blijven observeren. Ik kan niet peilen wat er achter die blik schuilgaat. Ik kan niet zien wat hij denkt. Denkt hij überhaupt wel iets? Of is het uiteindelijk toch niet meer dan een verzameling chips en batterijen in een metalen omhulsel?

Ik draai me om naar de muur, maar dat helpt niet. Ik voel nog steeds dat ik bekeken word. En nu ik de robot niet kan zien, haal ik mij van alles in mijn hoofd van wat hij ondertussen achter mijn rug doet. In gedachten zie ik hem al zijn handen losschroeven en vervangen door twee cirkelzagen, terwijl zijn rode ogen langzaam oplichten tot vurige lasers. Ik draai me weer om, maar Yojimbo zit nog steeds in dezelfde houding. Hij draait zijn hoofd niet eens in mijn richting door mijn bewegingen in bed. Yojimbo knippert niet met zijn ogen. Dat is iets wat Ikiryo wel kan.

Ik kijk op de klok naast mijn bed. Kwart over twee. Uiteindelijk zal ik toch een keer in slaap moeten vallen. Ik denk terug aan die middag. Die begon met de speech van de directeur en die eindigde met de binnenkomst van Yojimbo. Het voelt nog steeds onrechtvaardig. Waarom ben ik een verdachte? Alleen maar omdat ik toevallig het dichtste bij

stond? Ik weet wat ik heb gezien. Ik zag hoe de blik in de ogen van Ikiryo veranderde toen de deuren dichtgingen. Het moet de robot zijn geweest. Ikiryo heeft mevrouw Vlieger van de balustrade af gegooid. En daarvoor heeft hij waarschijnlijk ook mevrouw Van der Wal naar de vijver gelokt en haar daarin verdronken. En ik weet nu haast zeker dat Ikiryo ook iets te maken heeft met de dood van meneer Braiser. Drie doden in drie dagen. Vier als je de interim-directeur meetelt. Dat is echt weer iets voor onze instelling, om als eerste in Nederland een moordende zorgrobot naar binnen te halen.
Ik vraag me af waarom Ikiryo zoiets zou doen. Zit er misschien letterlijk een schroefje bij hem los? Is er iets mis gegaan bij zijn programmering? Of zit er meer achter? Is Ikiryo de voorbode van een heel leger aan moordende robots die op dit moment ergens in een laboratorium van een gestoorde geleerde worden ontworpen om de hele wereldbevolking tot slaaf te maken? Is onze instelling uitgekozen als een proeftuin voor experimenten van het leger? De mensen die in deze instelling zitten, zijn toch allemaal overbodig. Er is niemand die ons zal missen. De regering hoeft een stuk minder te bezuinigen als ze het tempo waarmee wij doodgaan iets kunnen versnellen. Terwijl ik over al die vragen nadenk, zink ik uiteindelijk toch weg in een lichte slaap. En zoals te verwachten is als deze gedachten door je hoofd spoken, heb ik geen prettige droom.
Ik droom dat ik aan het hoofd van een gigantisch robotleger door een uitgestorven stad marcheer. Om mij heen staan hoge flatgebouwen, maar alle ramen zijn donker. De robots achter mij zien er uit zoals Yojimbo. Ze doen alles na wat ik doe. Ze volgen iedere stap. Het ritmische geluid van hun stampende voeten is oorverdovend. Er zijn geen andere, levende wezens te bekennen in mijn droom. Geen mensen achter de ramen; geen insecten, geen vogels. Alleen ik en de robots die dreigend

achter mij aan lopen. Ik ben de laatste mens op aarde en al het andere is overgenomen door robots. Ik sla een hoek om en ik zie dat ik een doodlopende straat in loop. Aan het einde van de straat staat een hoge muur waar ik niet overheen kan klimmen. Ik draai me om en wil terug lopen, maar de robots lopen door. Zonder op of om te kijken, lopen ze recht op me af.

"Stop," roep ik, maar ze stoppen niet. Ik loop achteruit tot ik met mijn rug tegen de muur aan sta en nog steeds lopen ze door. De hele straat is gevuld met robots die op mij af lopen. Er komt geen einde aan de stoet. De voorste robots lopen tegen de muur aan en ik word er tegenaan geduwd door twee robots die nog steeds door blijven marcheren. Ik voel hoe ik word ingeklemd tussen hun metalen lichamen en de muur achter mij. Ik schreeuw nog een keer, maar het heeft geen effect. De robots in de tweede rij lopen door en duwen tegen de voorste robots aan. Ik word steeds harder tegen de muur gedrukt. Rij na rij duwen de robots tegen elkaar aan. Ik word platgedrukt. Ik kan me nauwelijks nog bewegen of ademhalen. En dan grijpt een van de voorste robots mij plotseling bij mijn schouder en zegt iets in het Japans. Zijn gezicht staat vlak voor mijn ogen.

Ik schrik wakker, maar als ik met mijn ogen knipper, zie ik nog steeds het gezicht van Yojimbo voor me. Hij staat voorovergebogen naast mijn bed en houdt me vast bij mijn schouder. Hij praat Japans tegen me, hoewel het net zo goed Koreaans of Mandarijn zou kunnen zijn. Pin me niet vast op het onderscheiden van Aziatische talen als ik midden in de nacht wakker schrik.

"Ik versta je niet, idioot," schreeuw ik, terwijl ik me los probeer te rukken.

Yojimbo laat los. Hij kijkt me onderzoekend aan.

"Skreeuwt," zegt hij aarzelend, terwijl hij naar me wijst.
"Yojimbo.... help. Pijn?"
"Nee, ik heb geen pijn," zeg ik kwaad. "Rot op."
Je mag hier tegenwoordig niet eens meer rustig een nachtmerrie hebben. Yojimbo gaat weer in de stoel zitten en zegt niks meer. Hij staart weer voor zich uit alsof er niets is gebeurd. Ik kijk op de klok. Kwart voor drie. Nog vijf uur te overbruggen tot ik weer uit bed word gehaald. Ik wil niet meer in slaap vallen en opnieuw zo'n droom hebben. En ik heb ook geen zin om uit bed te gaan en met Yojimbo op sleeptouw door het gebouw te lopen. Dus wacht ik maar op het licht van de volgende ochtend en denk na over mijn droom. Het voelde zo echt. Ik had echt het gevoel dat ik werd geplet tussen de muur en de robots. Ik vraag me af wat Ikiryo deze nacht aan het doen is.

Hoofdstuk 10

De volgende dag komt er een monteur langs die aan de slag gaat met het videosysteem van Ikiryo. Ik zie hem vrolijk binnenkomen als ik 's ochtends naar het ontbijt loop, met Yojimbo achter mij aan. Laptopje bij zich; mooi pak aan; klaar om zijn taakje uit te voeren en weer te vertrekken naar de volgende klant. Hij ziet er eigenlijk meer uit als een verkoper dan als iemand die voor een Japans bedrijf robots in elkaar knutselt. Ik had eerder een grijze, oude man in een stoffige overall met een grote bril verwacht. Maar misschien zit ik gewoon vol ouderwetse vooroordelen.
Als ik na het ontbijt weer langs de kamer loop die hij tijdelijk als werkplek heeft ingericht, is het jasje van de monteur al uit en zit zijn stropdas een stuk losser. Hij ziet er niet meer zo vrolijk uit en ik vermoed dat de volgende klant nog even zal moeten wachten. De monteur is een jonge man van begin dertig die eruitziet alsof hij zo uit de collegebanken is komen lopen. Hij heeft zijn halflange bruine haren strak naar achteren gekamd en vastgebonden in een knotje op zijn achterhoofd. Dat zal nu wel weer hip zijn bij de jeugd, vermoed ik. Zijn bril en zijn pak zien er eigenlijk veel te exclusief uit voor zo'n jonge gast. Hoeveel zou hij verdienen met het repareren van zorgrobots?
Ikiryo ligt opengeschroefd voor hem op een tafel en is met diverse draden verbonden aan de laptop van de monteur. Ikiryo ziet er minder eng uit nu hij uit staat. Zijn ogen stralen niet meer. Hij ziet er zwak en hulpeloos uit. Gewoon een berg metaal en draadjes. De monteur zit gespannen naar zijn laptop te staren, tot hij merkt dat ik in de deuropening sta.
"Hé, is dat een model Sentinel-F9?" vraagt hij als hij Yojimbo achter mij ziet staan.

Ik kijk achterom naar Yojimbo en haal mijn schouders op. "Geen idee. Hij volgt mij gewoon de hele dag. Ik praat er verder niet mee."
Het heeft ook weinig zin om met Yojimbo te praten. De interim-managers bij de politie zijn net zo impulsief als onze instelling als het gaat om het aanschaffen van nieuwe spullen. Ze bestellen liever een Japanse versie die nog niet getest is dan dat ze wachten tot een andere afdeling met de eer gaat strijken als er eindelijk een Nederlandse versie op de markt komt. Afgezien van die vier woorden die Yojimbo vannacht heeft gesproken, heeft hij verder niks meer gezegd.
"Waarom loopt die robot steeds achter je aan? Het is geen zorgmodel, toch? Of heeft Blackdoor een patch uitgebracht?"
Ik heb geen idee wat een pets is of wie Blackdoor is. Ik besluit om maar gewoon de waarheid te vertellen tegen de monteur. "Het is een detentiemodel. Betrouwbaarder en veiliger dan een enkelband. En goedkoper dan een bewaker."
De nieuwsgierige blik van de jonge monteur slaat om. Hij heeft vast van tevoren al gehoord wat voor vreemde types hij hier binnen tegen kan komen. De monteur heeft nog geluk dat Kees niet bij hem binnen is gelopen. Als die eenmaal begint te praten over een onderwerp, houdt hij niet meer op tot je wegloopt of hem uit pure frustratie maar een klap in zijn gezicht geeft.
"Waarom heb je een detentiemodel bij je?"
"Ze denken dat ik gisteren een bewoner vanaf de zestiende verdieping van het atrium naar beneden heb gegooid."
De monteur schrikt. Ik zie zijn ogen heen en weer schieten van mij naar Yojimbo en naar zijn bureau. Waarschijnlijk schat hij nu in of ik hem iets aan kan doen voordat Yojimbo kan reageren. En hij zal zich afvragen of het verstandig is om alvast maar een schroevendraaier van zijn bureau te pakken voor het geval dat. Ik neem het hem niet kwalijk. Ik zou

waarschijnlijk ook zo reageren als iemand dat tegen mij vertelde. Ik kijk naar Ikiryo die levenloos op de tafel ligt. Misschien kan deze man mij meer informatie geven over Ikiryo. Waar komt hij eigenlijk vandaan en hoe werkt hij?
"Je hoeft je over mij geen zorgen te maken, hoor," zeg ik zo laconiek mogelijk. "Ik heb alleen een hekel aan de bewoners hier. De bezoekers laat ik meestal met rust."
De monteur kijkt me nog niet echt gerust aan.
"Lukt het een beetje met Ikiryo?"
Ik knik naar de tafel.
"Nou, nog niet echt. Eigenlijk is het een ingewikkelder model dan ik van tevoren had verwacht."
"Ben je iets vreemds tegen gekomen?"
"Hoe bedoelt u, iets vreemds?"
"Iets dat niet klopt. Misschien een rare verbinding in zijn computer of een draadje dat los zit. Iets waardoor hij eigenaardig gedrag kan vertonen."
De monteur kijkt me geïntrigeerd aan. Zou hij al iets hebben opgemerkt aan Ikiryo?
"Ik zou het niet direct vreemd noemen," begint hij. "Maar Ikiryo is wel heel geavanceerd. Hij is echt gaaf, man. Ik wist helemaal niet dat we zoiets al konden maken."
"Wat is er dan zo geavanceerd aan?"
"Zijn componenten voor het lerend vermogen zijn op een heel andere manier ingericht dan ik gewend ben bij deze modellen. Er zijn andere soorten chips gebruikt. Chips die ik nog nooit ergens ben tegengekomen. En de verbindingen zijn minstens tien keer zo complex."
"Wat betekent dat?"
"Hij kan zichzelf in een veel hoger tempo nieuwe vaardigheden aanleren dan een normale zorgrobot. En hij kan complexe informatie op zo'n snelle manier analyseren, dat je bijna zou kunnen zeggen dat hij op eigen initiatief kan

handelen. Hij kan waarschijnlijk zelfstandig beslissingen nemen buiten zijn bestaande programma om."
Alles wat de monteur me nu vertelt, klinkt helemaal niet goed. Maar hij kan het wel erg enthousiast brengen.
"En wie heeft hem dan zo in elkaar gezet?"
"Geen idee hoe hij gemaakt wordt," zegt hij. "Mijn bedrijf wordt alleen maar ingehuurd door Dorihatsu om technische ondersteuning te leveren voor de Nederlandse markt. Ik zie mezelf eigenlijk meer als accountmanager dan als techneut."
Dat verklaart in ieder geval zijn nette pak en zijn hippe kapsel.
"Dit product," zegt hij, terwijl hij naar Ikiryo wijst, "is samengesteld uit onderdelen die door verschillende bedrijven vanuit de hele wereld worden aangeleverd. Het ontwerp is Japans, de sensoren komen uit China, de ledematen en het harnas worden geproduceerd in India. Het gezicht komt uit de VS. Hij wordt in elkaar gezet in Korea of Japan en als hij helemaal klaar is, krijgt hij zijn opvoeding in Japan."
"Opvoeding?"
Het is toch een apparaat, geen hond?
"Ja, de opvoeding hoort er natuurlijk ook bij. Als zo'n knaap van de lopende band wandelt, kan hij in feite nog niks. Het is een lege computer die misschien net in staat is om te lopen en wat informatie uit zijn omgeving waar te nemen. Je zou het kunnen zien als een echte baby. Die is helemaal compleet bij de geboorte, maar een baby kan nog niks. Pas als iemand een robot bepaalde zaken aanleert, kan hij bruikbare taken gaan uitvoeren voor onze klanten. En vervolgens kunnen robots met een lerend vermogen vanaf een bepaald basisniveau weer voortborduren op hun programma, zodat ze steeds meer kunnen. Bijna alle bedrijven laten hun opvoeding in Japan uitvoeren, omdat Japanners van nature goed met robots zijn. Ze zijn veel eerder geneigd om ze als echte kinderen te behandelen dan wij hier in Nederland bijvoorbeeld. Wij

blijven het toch vaak als een ding zien, niet als een persoon. Dat is ook de reden dat robots in het begin vaak alleen Japans spreken. Dat is de eerste taal die ze krijgen aangeleerd."
Langzaam begin ik meer inzicht te krijgen in hoe Ikiryo eigenlijk is ontstaan.
"En hoe weten jullie of de robots de juiste opleiding krijgen?"
"Opvoeding, geen opleiding," verbetert de monteur mij. "Het zijn echt de eerste vaardigheden, die wij normaal gesproken in onze eerste levensjaren aanleren. Lopen, opstaan, interactie met mensen, ballen gooien, dat soort dingen. En voor een zorgrobot komen er daarna nog wat specifieke vaardigheden bij in een vervolgprogramma dat specifiek op de zorg is afgestemd."
De monteur lijkt mij een prima verkoper voor zijn bedrijf. Hij weet hoe hij een mooi verhaal af moet steken over een product dat eigenlijk nog helemaal niks kan als het uit de fabriek komt.
"En de opvoeding van de robots heeft Dorihatsu altijd zelf in huis gehouden, dus we weten zeker dat er goed werk wordt afgeleverd. We hebben zelf een methode ontwikkeld en tot nu toe hebben de robots altijd prima gefunctioneerd."
"Wordt dat nog gecontroleerd voordat de robots in gebruik worden genomen?"
"Na de opvoeding volgt er een uitgebreide testperiode, voordat we onze producten doorsturen naar de klant. Als er dan iets niet goed werkt, wordt de robot weer teruggestuurd en lopen we hun hele gedrag na. En na onze eigen testen, worden er ook altijd nog testen uitgevoerd door de inspectie in het land waar de robot naartoe wordt gebracht."
Ik denk na, terwijl ik naar het levenloze lichaam van Ikiryo kijk. Yojimbo blijft zwijgend in de deuropening staan kijken. Hij reageert nergens op, maar ik weet zeker dat hij alles wat we zeggen registreert. Hij verstaat vast een beetje Nederlands, ook al zegt hij niet veel. Yojimbo en Ikiryo hebben allebei dus

een opvoeding gekregen door een of andere schimmige afdeling in Japan van het megabedrijf Dorihatsu. Misschien is er bij die opvoeding iets mis gegaan. Ik zie in gedachten al helemaal voor me hoe een of andere psychopaat die een hekel heeft aan mensen zijn afkeer doorgeeft aan het kleine robotje.
"Stel dat ik een robot wil ontwikkelen die mensen uit de weg kan ruimen," zeg ik.
De monteur schrikt van mijn woorden. Hij pakt voor de zekerheid nu toch maar een kleine schroevendraaier vast.
"Kan ik hem dat dan aanleren tijdens de opvoeding? Zonder dat iemand het merkt?"
De monteur kijkt vanuit zijn ooghoeken naar de tafel. Hij weet dat ik het over Ikiryo heb.
"Ik denk het niet," zegt hij. "Iemand ombrengen is wel een stuk complexer dan een bal gooien. En waarom zou je dat willen?"
"Kun je een robot een bepaalde afkeer van mensen aanleren? Kun je hem leren haten? Dan kan de robot daar vervolgens zelf op voortborduren, toch? Als hem is aangeleerd dat mensen zijn vijand zijn, kan hij daarna zelf wel uitvogelen hoe hij ze moet vermoorden."
"Onmogelijk. Een robot ervaart geen emoties zoals wij die kennen. Ze weten niet wat haat is. Of liefde, dat kennen ze ook niet. Het blijft uiteindelijk gewoon een computer, hoe slim hij ook is. Dat moet je niet vergeten."
"Maar je zei net zelf dat Ikiryo veel complexer is dan alle andere robots die jullie maken. Wat nou als deze robot wel kan haten? Wat denk je als ik je vertel dat deze robot iemand heeft vermoord?"
Ik zie dat de houding van de monteur anders wordt. Zijn enthousiasme trekt weg. Blijkbaar kan hij aan mij zien dat ik bang ben. Hij kijkt me indringend aan.
"Is er iets met deze robot gebeurd?" vraagt hij zacht.

Ik doe de deur van de kamer dicht en probeer zo zacht mogelijk te antwoorden, terwijl ik met mijn rug naar Yojimbo ga staan.
"De afgelopen dagen zijn er vier doden gevallen in deze instelling," fluister ik. "Alle vier sinds Ikiryo hier is en ik vermoed dat hij er iets mee te maken heeft. Ik weet dat het raar klinkt, maar ik denk dat de robot het heeft gedaan. Volgens mij was hij het die gisteren mevrouw Vlieger naar beneden heeft gegooid. Hij was de laatste die haar gezien heeft. Hij nam haar met de lift mee naar boven. Ze wilde naar de vijfde verdieping, maar vervolgens ging de lift in een keer door naar de bovenste verdieping en even later viel ze naar beneden."
De monteur kijkt naar Ikiryo. Hij wrijft over zijn knotje en zegt: "Dat is vreemd. Erg verontrustend. Weet je zeker dat er niemand anders in de lift stond toen ze instapte?"
De monteur is de eerste die ik dit vertel na Jan, Kees en Karel. En hij reageert gelukkig niet meteen met scepsis. Ik vertel aan de monteur precies wat er gisteren bij de lift gebeurde en hoe ik de dag daarvoor mevrouw Van der Wal in de vijver heb gevonden. Het voelt enorm bevrijdend nu ik eindelijk mijn verhaal kan vertellen en mensen me niet meteen voor gek verklaren. Het hele verhaal komt er in een stortvloed aan woorden uit nu ik het bij iemand kwijt kan. De monteur besluit al snel dat hij genoeg gehoord heeft. Hij wil het verder uitzoeken.
"Hier moet ik een collega over spreken," zegt hij, terwijl hij zijn tas begint in te pakken en zijn jasje weer aantrekt. "En ik moet contact opnemen met de ontwerpers bij Dorihatsu."
Ik wil de monteur wel bijna omhelzen nu er eindelijk iemand is die mij serieus neemt.
"Als dit waar is," zegt hij. "Zou dit wel eens het grootste veiligheidsincident uit de geschiedenis van de automatisering

kunnen zijn. Nog groter dan het Robert Williams-incident uit 1979. Dit is verschrikkelijk. Het zou de complete bedrijfstak om zeep kunnen helpen. Miljoenen banen staan op het spel en honderden miljarden euro's."

De monteur begint steeds harder en sneller te praten. Wat een klein routineklusje had moeten zijn, is uitgegroeid tot een enorm risico voor zijn bedrijf. Ik vraag me al af of ik uit dit gesprek een mooie zwijggeld-regeling zou kunnen slepen. De monteur begint gehaast de draadjes los te koppelen van Ikiryo en stopt dan plotseling. Hij staart naar het scherm van zijn laptop.

"Dat is vreemd," mompelt hij.

"Wat is er?"

"Mijn netwerkverbinding staat aan. En er lijkt nog een proces te lopen op de achtergrond bij de robot. Ik dacht dat ik hem volledig had uitgeschakeld, maar blijkbaar heeft zijn CPU de hele tijd in slaapmodus gefunctioneerd. Hij heeft via mijn netwerkverbinding contact gemaakt met een ander apparaat hier in de omgeving."

Ik draai me snel om en kijk naar Yojimbo. Die reageert nog steeds nergens op. Heel even verwacht ik dat Yojimbo in actie zal komen en ons allebei in stukken zal hakken nu we over Ikiryo hebben gesproken.

"Kun je zien wat voor apparaat?" vraag ik gespannen. Ik loop zachtjes achteruit richting de tafel.

"Het is niet de robot," zegt de monteur. Hij tikt een paar commando's op zijn computer.

"Heel gek. Er staat VW POLO op het scherm en deze gegevens lijken op een set van coördinaten. Ken je iemand die een Polo rijdt?"

"Meneer Beuker," zeg ik. "Een gevaar op de weg als je het mij vraagt. Hij is achtennegentig, maar ze laten hem tijdens zijn verlof nog steeds zelf rijden. Vorig jaar heeft hij een hele

winkelpui aan gort gereden, omdat zijn versnellingsbak naar eigen zeggen niet goed functioneerde. Waarom zou Ikiryo contact maken met een auto?"
"Geen idee. Maar eerlijk gezegd heb ik wel genoeg gezien van deze robot om hem eens goed door te lichten. Ik neem hem mee naar kantoor om hem beter te onderzoeken. In de tussentijd wil ik dat je hier met niemand over praat. Niet met de andere bewoners, niet met je familie en ook niet met het personeel. Als dit een vals alarm blijkt te zijn en er komen op de een of andere manier toch geruchten naar buiten, dan zou dat wel eens imagoschade van miljoenen op kunnen leveren. Dat is een claim die jij niet aan je broek wilt hebben."
De monteur stopt zijn laptop in zijn tas en pakt dan Ikiryo met twee handen vast om zijn middel. Hij zucht even als hij het zware lichaam van Ikiryo optilt en loopt er dan mee de deur uit alsof hij een groot kind met zich meesleept.

Doordat de monteur Ikiryo op die manier vasthoudt als hij over de parkeerplaats loopt, wordt de grootste klap opgevangen door de robot als meneer Beuker even later in volle vaart tegen hem aanrijdt met zijn auto. Naar eigen zeggen functioneerde de versnellingsbak van meneer Beuker opeens niet goed en reed hij vooruit in plaats van achteruit. Helaas zorgde het zware lichaam van Ikiryo er ook voor dat de monteur in een klap werd platgedrukt tussen de auto en de muur achter hem.

Hoofdstuk 11

De volgende accountmanager loopt diezelfde dag nog het kantoor van Johanna binnen. Hij lijkt redelijk aangeslagen door de gruwelijke dood van zijn collega, maar aan de andere kant maakt hij zich volgens mij meer zorgen over het feit dat zijn eerste pilot in Nederland al na vier dagen in de soep dreigt te lopen. Ik wacht voor de deur van het kantoor van Johanna tot de accountmanager klaar is met zijn gesprek. Ik moet hem vertellen wat er die ochtend is gebeurd. Hij is waarschijnlijk de enige die mij nu kan helpen.

Het gesprek lijkt wel uren te duren en al die tijd wacht Yojimbo naast mij op de gang. We hebben elkaar allebei niet veel te zeggen.

Dan gaat eindelijk de deur open.

"We zullen Ikiryo even goed nakijken in onze werkplaats," zegt de accountmanager tegen Johanna.

"En als er iets stuk is, zullen we het zo snel mogelijk weer repareren. Ik verwacht dat hij begin volgende week weer in perfecte conditie terug kan zijn."

Voor mij voelt de mededeling slechts als uitstel van executie. Ik had verwacht dat Ikiryo totaal beschadigd zou zijn na die crash. Nu blijkt dus dat ik nog niet van hem ben verlost.

"Dat zou heel fijn zijn," zegt Johanna. "Onze bewoners zijn erg gesteld op hem geraakt in de afgelopen dagen. We zouden hem vreselijk missen als hij niet meer terug komt. Ik heb gehoord dat sommige bewoners hem zelfs een kaartje willen sturen nu hij weg is."

"Wat lief," zegt de accountmanager vriendelijk lachend, terwijl zijn ogen verraden wat hij er werkelijk van vindt.

"Normaal gesproken zouden we voor u in de tussentijd een vervangende robot kunnen regelen. Alleen we hebben op dit moment wat problemen met onze levering. Vorige week zijn twee van onze beste trainers voor de opvoeding van nieuwe robots om het leven gekomen. Dus we kunnen u helaas geen vervanging aanbieden."

"Ach, nee toch," zegt Johanna. "Wat is er gebeurd?"

"Weten we nog niet. Ik kan er eigenlijk niet te veel over zeggen, omdat het onderzoek nog loopt. Maar het zou best kunnen dat anti-robotactivisten ons opleidingscentrum zijn binnengedrongen. Daar hebben we de laatste tijd vaker last van gehad. Het lijkt erop dat de beste mensen in ons vakgebied een doelwit vormen voor mensen die in robots een bedreiging zien. Mensen die niet met vooruitgang om kunnen gaan."

Dit is mijn enige kans om hem aan te spreken, dus ik doe een stap naar voren.

"Sorry, mag ik u even spreken?" vraag ik.

"Hé, gave Sentinel," zegt de accountmanager, terwijl hij naar Yojimbo kijkt. "Hoe kom je daar aan?"

Ik besluit dat het beter is om daar even geen antwoord op te geven.

"Ik moet u iets vertellen over Ikiryo," zeg ik. "Het is belangrijk."

Johanna kijkt geïrriteerd over mijn schouder mee. Ze wil niet dat ik de accountmanager lastig val met mijn wilde verhalen.

"Oké, wat is er zo belangrijk?" vraagt de accountmanager.

Ratelend begin ik mijn verhaal te vertellen tegen de accountmanager, terwijl ik voel dat Johanna mij het liefst direct de mond wil snoeren. Mijn verhaal is onsamenhangend. Dat merk ik zodra ik begin te praten. Ik kom tot ongeveer tien zinnen voor de accountmanager me boos afkapt.

"Ik heb hier geen tijd voor, sorry," zegt hij meer tegen Johanna dan tegen mij. "We komen dit wel vaker tegen. Dan moeten onze klanten gewoon nog even wennen aan de producten. Als

u wilt, kunnen we hier wel cursussen voor de bewoners organiseren over hoe ze met robots om moeten gaan."
"Ik wil helemaal geen cursus," schreeuw ik. Yojimbo zet een stap dichterbij. Klaar om in te grijpen. "Ik hoef niet te wennen aan Ikiryo. Ik ben terecht bang voor dat ding. Jullie hebben een moordmachine op ons losgelaten."
"Ik moet naar een volgende afspraak," zegt de accountmanager tegen Johanna. Hij draait zich om en loopt weg richting de trap. Blijkbaar telt de mening van de bewoners totaal niet meer mee in de afspraken die onze instelling met de accountmanager maakt.
"Ik ben niet gek," roep ik nog. "U moet me geloven. Uw collega geloofde me wel. Vlak voordat hij werd aangereden, zag hij dat Ikiryo contact had gemaakt met de auto van meneer Beuker. En even later reed diezelfde auto tegen hem aan."
"Genoeg," sist Johanna achter mij.
De accountmanager loopt stug door.
"Zet Ikiryo niet meer aan. Hij is gevaarlijk."
Zonder nog om te kijken, loopt de accountmanager de trap af richting de hoofdingang. Ik draai me om naar Johanna, die me kwaad aankijkt.
"Ik weet hoe het klinkt, maar ik spreek de waarheid," zeg ik tegen haar. "Dat ding vermoordt ons een voor een. Hoeveel doden moeten er nog vallen voordat iemand mij gelooft?"
Johanna kijkt me kil aan. Ze heeft moeite om haar woede onder controle te houden. Afgemeten zegt ze: "Ik wil niks meer horen over jouw waanbeelden over die robot. Als je nog een keer dit soort taal uitslaat richting een externe, dan plaatsen we je een dag in de separeerruimte."
Heel even vraag ik me af of Johanna nou een grap maakt of serieus is.

Hoofdstuk 12

"Kan dat ding niet weg?" vraagt Karel als we weer aan het pokeren zijn. Ik haal mijn schouders op.
"Hij volgt me gewoon de hele dag," zeg ik, terwijl ik naar Yojimbo kijk. "Alleen als ik naar de wc ga, blijft hij netjes voor de deur staan wachten."
"Ik wil niet dat hij in mijn kaarten kijkt."
"Hij staat aan mijn kant van de kamer," zeg ik. "Hoe kan hij dan bij jou in de kaarten kijken?"
Karel kijkt me aan alsof hij het nog steeds niet vertrouwt. We wachten alle drie al een paar minuten tot Jan weet of hij in deze ronde de big blind in wil zetten of niet. Terwijl wij bezig zijn met ons spel, proberen we de aanwezigheid van Yojimbo in de hoek van de kamer zo veel mogelijk te negeren.
Ik moet toegeven dat ik na drie dagen al aardig gewend begin te raken aan de robot die mij dag en nacht in de gaten houdt. Ik vergeet soms al bijna dat hij er is. Zoals je na verloop van tijd een kamerplant of een schilderij ook niet echt meer opmerkt.
"Hoelang moet je dat ding eigenlijk hebben?" vraagt Kees.
"In ieder geval tot ze hebben onderzocht wat er met mevrouw Vlieger is gebeurd. En dat kan nog wel een maand duren, zeiden ze."
"Ik vind hem irritant," zegt Kees. "Raak je daar niet helemaal krankjorum van? De hele dag zo'n ding om je heen?"
"Het went wel."
"Eigen schuld," zegt Karel. "Had je mevrouw Vlieger maar niet op die interimmer moeten gooien. Ik had ook een hekel aan die gast, maar dat is nog geen reden om met bewoners te gaan gooien."
Kees en Karel lachen.

"Kom op," zegt Jan. "Daar moet je geen grappen over maken. Mevrouw Vlieger was een ontzettend aardig mens."
"Jullie geloven wel dat ik het niet gedaan heb, toch?" vraag ik. Onbewust praat ik zachter. Ik heb liever niet dat Yojimbo mee kan luisteren.
"Ik zweer het je, het was Ikiryo. Daar ben ik ondertussen zeker van. En Ikiryo heeft ook die auto gesaboteerd. Hij heeft ervoor gezorgd dat die monteur werd aangereden."
De anderen kijken elkaar aan. Ik kan aan hun ogen zien dat ze achter mijn rug over mij hebben gesproken.
"Het is wel heel toevallig allemaal," zegt Kees. "Jij bent er steeds bij. Wij zagen vanuit de hal alleen jou bij die balustrade staan. En jij hebt mevrouw Van der Wal gevonden. Je bent steeds op het verkeerde moment op de verkeerde plek."
"Maar stel nou eens dat Ikiryo het wel heeft gedaan. Wat als ik de waarheid spreek? Jullie hebben zelf gezegd dat er maar een paar mogelijke verklaringen zijn voor al deze sterfgevallen. Ik heb het gedaan, of Ikiryo heeft het gedaan. En ik weet van mezelf dat ik het niet heb gedaan."
Het blijft heel lang stil. Ik zeg niks meer en laat mijn opmerkingen bezinken.
"Als dat zo is," zegt Jan ten slotte, "als jij de waarheid spreekt, dan moeten we ook onder ogen zien wat dat betekent. En ik weet niet of ik dat wel onder ogen wil zien. Dan zouden we er dus van uit moeten gaan dat er een moorddadige robot is die binnenkort weer rondloopt in deze instelling."
"Dan zouden we allemaal in gevaar zijn," zegt Kees.
Ik merk dat de anderen iets opener beginnen te worden over de mogelijkheid dat ik de waarheid spreek. We beginnen er in ieder geval serieus over te praten zonder dat ze het meteen ridicuul vinden. Ze geloven me misschien nog niet, maar we hebben het er nu over.

"En zolang niemand ons gelooft, kan Ikiryo, als hij straks weer is gerepareerd, gewoon zijn gang gaan," zeg ik. "Het personeel is lyrisch over hem. Ikiryo neemt hen zoveel werk uit handen. En hij lacht zo lief."
"Maar waarom zou Ikiryo dat allemaal doen?" vraagt Karel. "Het is niet logisch. We hebben het hier over een robot. Hij is geprogrammeerd om te ondersteunen bij bepaalde zorgtaken. Dan kan hij toch niet zomaar op eigen houtje besluiten om aan het moorden te slaan?"
"Misschien is hij gehackt," zegt Kees.
Ik vraag me af of dat mogelijk is. Ik weet dat je een computer kunt hacken. Die besturing kun je op afstand overnemen of je kunt het systeem een virus geven. Zou dat ook mogelijk zijn met zo'n ingewikkeld apparaat als Ikiryo? Kan iemand hem gekraakt hebben, waardoor de robot opeens op tilt is geslagen? Welke ingenieur aan de andere kant van de aarde heeft zijn programma eigenlijk geschreven?
"Die monteur vertelde mij dat Ikiryo een veel complexer systeem is dan hij ooit had gezien," zeg ik. "Vlak voordat hij werd aangereden. Misschien kan Ikiryo wel op eigen initiatief handelen, buiten zijn reguliere programma."
"Dat is nog steeds geen reden om zomaar aan het moorden te slaan."
"Ik ga mee," zegt Jan plotseling vanuit het niets. Hij schuift twee fiches uit zijn stapel naar voren.
"Hè hè, eindelijk," zegt Kees. Hij gooit zijn eigen kaarten op tafel. "Ik ben weg."
"Ik ben ook weg," zeg ik. Van mij mogen Karel en Jan het verder zelf uitvechten.
"Wat moet er nog meer gebeuren voordat jullie mij geloven?" vraag ik. "Moeten er nog meer doden vallen?"
"Weet je, ik vind dat het allemaal erg raar klinkt, maar ergens geloof ik je wel," zegt Kees. De andere twee kijken hem

verbaasd aan. "Ik heb dat ding eigenlijk vanaf het begin al nooit vertrouwd. En ik moet zeggen dat ik het nu allemaal net iets te toevallig begin te vinden, al die sterfgevallen en ongelukken in een paar dagen tijd. Maar weet je wat er volgens mij aan de hand is?" Kees buigt zich voorover over de tafel en houdt zijn hand voor zijn mond, zodat Yojimbo niet kan liplezen.

"Ik denk dat het de overheid is. Volgens mij hebben ze een plan om ons allemaal uit de weg te ruimen. We worden te duur. En nu testen ze die robots op ons om te kijken hoe ze zo efficiënt mogelijk van ons af kunnen komen."

"Rot toch gauw een eind op," reageert Karel. "Je bent niet goed bij je hoofd, man."

"Er is niemand die ons zal missen. We zijn de maatschappij alleen maar tot last. We kosten de belastingbetaler te veel geld en onze groep wordt alleen maar groter. Dus sturen ze zo'n robotje naar ons toe om 'zorg' te verlenen en die begint ons stilletjes op te ruimen."

"En waarom moest die monteur dan dood?" vraagt Karel. "Of de directeur?"

"Omdat die monteur de robot ontmaskerd had," zeg ik. "Hij vertrouwde het ook niet, dus hij wilde zijn collega's waarschuwen en Ikiryo laten onderzoeken. Alleen Ikiryo greep in voordat hij iemand kon waarschuwen. Dat is voor mij al voldoende bewijs dat Ikiryo ons allemaal wat aan wil doen."

"Misschien ontdekken ze wel iets nu ze hem aan het repareren zijn," zegt Jan. Na de flop is hij weer in een zeer lange overpeinzing terechtgekomen over zijn volgende stap. "Als ze hem helemaal doorlichten en er klopt iets niet, dan komen ze daar wel achter, toch?"

"Ja, maar als ik gelijk heb, zit dat bedrijf natuurlijk ook in het complot," zegt Kees. "Die hebben die robots gewoon geleverd volgens ontwerp en ze doen precies waarvoor ze besteld zijn."
Kees is niet meer op andere gedachten te brengen nu hij het idee eenmaal in zijn hoofd heeft gehaald. Ik ben blij dat ik eindelijk iemand van mijn kaartmaten aan mijn kant heb staan, ook al is het een medestander die meteen weer doorslaat tot in het meest bizarre scenario dat ik me voor kan stellen.

"Koffie," zegt Yojimbo in de hoek van de kamer.

We draaien ons allemaal naar de robot toe en staren hem verbaasd aan.

"Wat moet ie?" vraagt Kees.

"Geen idee," zeg ik. Ik kijk naar Yojimbo, die neutraal naar mij kijkt. "Ik denk dat hij voorstelt om koffie voor ons te gaan halen. Of hij heeft ergens koffie zien staan en probeert ons te waarschuwen voordat we de koffie omstoten. Of hij heeft zelf zin in koffie? Sinds afgelopen nacht probeert hij af en toe wat Nederlandse woorden uit, maar ik kan er geen touw aan vastknopen."

"Wat moet je, koekblik?" vraagt Kees aan Yojimbo.

Yojimbo knippert met zijn ogen.

"Luister, Yojimbo, als je iets wilt, dan kan het helpen als je iets meer uitspreekt dan een enkel woord en vervolgens wacht tot wij iets gaan doen," leg ik uit. "Begrijp je wat ik zeg?"

De robot denkt lang na.

"Ja," zegt hij uiteindelijk met een monotone stem.

"Nou dan, wat moet je?" vraag ik.

"Koffie," zegt Yojimbo weer en hij kijkt voor zich uit.

"Oké, bedankt Yojimbo," zeg ik. "Daar hebben we heel veel aan op dit moment."

"Gaat hij nou koffie halen ofzo?" vraagt Karel.

"Nee, ik denk het niet. Hij kent ook wel andere Nederlandse woorden, maar ik heb geen idee of hij ons kan verstaan."
"Als hij maar niet in mijn kaarten kijkt," bromt Karel.

Hoofdstuk 13

Het weekend waarin Ikiryo wordt gerepareerd, gaat verder zonder noemenswaardige incidenten voorbij. Er gebeuren geen bizarre ongevallen. Iedereen overleeft het weekend en niemand lijkt het opmerkelijk te vinden dat we op zaterdag vier verschillende afscheidsdiensten hebben. De monteur krijgt zijn eigen afscheid buiten onze instelling.

Op maandagmiddag na het weekend is het personeel opeens druk bezig om het hele gebouw in kerstsfeer te brengen. Ieder jaar weer gebeurt dat op een ongeorganiseerde en hectische manier, alsof ze er door overvallen worden dat het jaar alweer bijna voorbij is. Je weet toch al weken van tevoren dat dat moment er weer aankomt? Dan kun je daar toch rekening mee houden? En terwijl Johanna voor dit klusje makkelijk een paar studenten kan inhuren of het kan delegeren aan de bewoners, moeten juist de verplegers alle kerstbomen en kerstlampjes aanbrengen en de levensgrote, verlichte herten in de tuin opzetten. Cynthia klaagt vooral over het extra werk dat ze bovenop haar normale taken moet doen en ze snauwt tegen enkele bewoners die onder haar trap door lopen. Christiaan is in geen velden of wegen te bekennen. Daar klaagt Cynthia ook over.

Terwijl ik bijna struikel over de lege dozen en snoeren op de gang, hoor ik Cynthia aan Johanna vragen wie er dan voor het avondeten moet zorgen.

"Daar zorgt Ikiryo voor," zegt Johanna, terwijl ze zichzelf probeert te bevrijden uit een wirwar van kerstlampjes.

Ik blijf midden in de gang staan en draai me snel om. Zei Johanna nou dat Ikiryo terug is? En zorgt hij op dit moment voor het eten? Straks worden we allemaal vergiftigd.

"Is Ikiryo weer terug?" vraag ik aan Johanna, terwijl ik mijn best doe om het op een kalme, nonchalante manier te vragen. Het heeft toch geen zin om weer in paniek door de gang te schreeuwen dat we allemaal doodgaan. "Is het een nieuwe Ikiryo of hebben ze de oude versie weer gerepareerd?"

"Het is de oude Ikiryo," zegt Johanna, waarmee ze mij waarschijnlijk gerust wil stellen. "Ze hebben hem vanochtend weer terug gebracht. En zelfs zijn camerasysteem werkt weer naar behoren. Hij is alleen een beetje ingedeukt rond zijn borst, maar verder functioneert hij weer prima."

"Ik wil anders wel meehelpen in de keuken met het eten," zeg ik. Als die robot zich met mijn eten gaat bemoeien, zal ik er alles aan doen om hem in de gaten te houden. Ik eet vanavond geen hap die ik niet zelf heb klaargemaakt. Johanna kijkt me verbaasd aan. Ik heb nog nooit zomaar aangeboden om het personeel ergens mee te helpen, ook al doen sommige andere bewoners dat wel regelmatig. Normaal gesproken klaag ik vooral over de zorg en het eten, zonder dat ik zelf een vinger uitsteek om er iets aan bij te dragen.

"Oké dan," zucht Johanna. "Ga maar kijken wat je kunt doen." Ze concentreert zich weer op de snoeren. Terwijl ik me snel naar de keuken haast, hoor ik haar nog geïrriteerd aan Cynthia vragen: "Waarom zijn deze lampjes vorig jaar niet meteen netjes opgeborgen?"

Ik neem de lift naar beneden en loop met grote passen door het atrium richting de keuken. Yojimbo heeft moeite om mij bij te houden. Ik ben vastberaden om dat monster niet met ons eten te laten knoeien.

In de keuken is iedereen druk bezig met het avondeten. Als Yojimbo door de deur stapt, gaat het piepje van de metaaldetector af. Een van de bewakers komt snel kijken wat er aan de hand is, maar als hij Yojimbo ziet, laat hij ons

doorlopen. In onze instelling wordt er streng op gelet dat we geen metalen voorwerpen zoals messen of pannen meenemen uit de keuken naar onze kamers. Ik denk dat het personeel bang is dat we elkaar wat aandoen als er weer eens ruzie is over wat we die avond op tv willen zien in de recreatieruimte.
Ikiryo staat in de hoek van de grote keuken aardappels te schillen. Of hij hakt er in ieder geval met onhandige zwaaien grote stukken aardappel af, tot er geen schil en nauwelijks nog aardappel over is. Ik schrik als ik hem opeens weer zie staan. Het is vreemd om hem weer te zien bewegen en rondlopen, alsof hij nooit weg is geweest. Christiaan zit ergens op een aanrecht te niksen terwijl de rest hard aan het werk is. Ik bied bij hem aan om mee te helpen met aardappels schillen. Op die manier kan ik Ikiryo goed in de gaten houden en dan zorg ik er ondertussen ook nog voor dat er nog iets van de aardappels overblijft. Christiaan vindt het prima als ik meehelp, dus hij reikt mij een aardappelschilmesje en een haarnetje aan.
"Pas op dat je jezelf niet snijdt," zegt hij. "Ik heb geen zin om je naar de dokter te brengen; ik heb nog meer te doen vandaag."
Het is alweer jaren geleden dat ik voor het laatst aardappels heb geschild. Nu ik het weer probeer, voelt het op een bepaalde manier vreemd aan. De aardappels zijn zwaar. Ik kan mijn mesje niet meer soepel vasthouden. Mijn motoriek is in de afgelopen jaren ongemerkt achteruit gegaan. Bewegingen die ik jaren niet heb geoefend voelen nu onwennig. Het aardappelschilmesje in mijn hand roept herinneringen op aan een leven voordat ik in deze instelling terecht kwam. Het zijn geen prettige herinneringen.
Tien minuten lang werken Ikiryo en ik naast elkaar. Al die tijd zeggen we niks tegen elkaar, tot Ikiryo zich omdraait en trots zijn mesje omhoog houdt.
"Kijkt," zegt hij. "Mes. Mooi. Blij ik."

Ik kijk in de ogen van de robot. Ik vraag me af of ik daarin kan ontdekken wat hij denkt. Is hij gewoon blij dat hij een taakje heeft bij het bereiden van ons eten of staat hij op het punt om zijn dunschiller door mijn keel te rammen?
"Mooi mes, Ikiryo," mompel ik. "Ga je daar iemand mee steken?"
"Iemand steken?" vraagt Ikiryo. Zijn ogen lijken feller te worden. "Oké."
Hij draait zich om en wil richting Christiaan lopen, maar ik grijp hem net op tijd vast bij zijn arm.
"Ho, stop," fluister ik. "Ben je helemaal gek geworden?"
Ik draai Ikiryo om, zodat hij mij aankijkt.
"Je mag niemand steken, oké? Alleen aardappels schillen."
Mijn hart gaat als een razende tekeer. De robot is volslagen onberekenbaar. Ik heb geen idee hoe hij zal reageren. Ik kijk om me heen of iemand anders in de keuken naar ons kijkt. Iedereen is nog steeds druk bezig met het eten.
Dan begint Ikiryo plotseling hard te lachen. Zijn schaterlach klinkt door de keuken, waardoor een paar mensen vertederd onze kant op kijken.
"Niet iemand steken," zegt Ikiryo. "Blij. Grap. Ik blij."
Hij pakt een aardappel en gaat weer aan het werk. Ik ga ook weer verder. Ik voel me niet gerust over dit voorval. Ikiryo reageerde helemaal niet hoe een robot volgens mij zou moeten reageren. Hij vond het te leuk om mij voor de gek te houden. Zijn lach had iets triomfantelijks. Ik durf het eigenlijk niet toe te geven, maar hij gedroeg zich bijna menselijk. Is dat allemaal een imitatie van hoe wij ons gedragen of is het een onderdeel van zijn programmering? Ik concentreer me op mijn aardappel en probeer er niet over na te denken. Dan komt Ikiryo opeens dicht bij me staan.

"Ikiryo heeft gehoord wat jij en de baas van Ikiryo hebben besproken," zegt hij in vloeiend Nederlands. Van schrik laat ik mijn aardappel met een plons in de pan vallen.
"Ikiryo let goed op wat alle mensen tegen elkaar zeggen. Ikiryo staat nooit uit."
De robot wijst met zijn vingers naar Yojimbo, die gruwelijk in de weg staat in het gangpad van de keuken.
"Yojimbo luistert voor Ikiryo," zegt hij. "Yojimbo hoorde jou met de baas praten. En dus hoorde Ikiryo jou met de baas praten. De baas praat niet meer."
Ik voel dat ik licht word in mijn hoofd. Heel even voelt het alsof ik onderuit ga en dan trekt dat gevoel weer weg. Ik wil gaan zitten, maar ik durf me niet te bewegen. Het is waar. Vanaf het begin had ik al het gevoel dat er iets mis was met de robot. En dat gevoel werd de afgelopen week steeds sterker. Maar het is iets heel anders als die robot zich opeens rechtstreeks tot jou richt en je vertelt dat je het al die tijd bij het juiste eind had.
"Wat wil je?" vraag ik. "Waarom moest de baas dood?"
"De baas had Ikiryo door," zegt Ikiryo. Het valt me nu pas op hoe snerpend zijn stem eigenlijk is.
"En jij hebt Ikiryo ook door."
Het lichte gevoel in mijn hoofd komt weer terug. Ik begin zwaarder te ademen. In paniek kijk ik om me heen of er ergens iets ligt dat ik als een wapen kan gebruiken.
"Waarom moest meneer Braiser dood?" vraag ik. "Of mevrouw Van der Wal? Zij hadden je niet door. Waarom heb je hen omgebracht?"
"Ikiryo blij," zegt de robot alleen maar.
Ik kijk om me heen. Waarom ziet niemand dit? Waarom let er niemand op wat Ikiryo allemaal zegt? Ik wil Christiaan roepen, maar die zie ik niet meer in de keuken. Hij zal wel weer zijn gaan roken. Typisch iets voor Christiaan om er niet

te zijn als ik bedreigd word door een robot en zijn hulp goed kan gebruiken.
"Ga je mij wat aandoen?" vraag ik. Ik kijk naar zijn dunschiller en stel me voor dat hij met dat kleine botte mes toch veel schade aan kan richten.
Ikiryo pakt op zijn gemak weer een aardappel op en gaat verder met schillen alsof er niks aan de hand is.
"Niet hier," zegt hij. "Ikiryo wil niet ontdekt worden, dus Ikiryo laat je voorlopig met rust. Niet leuk voor Ikiryo als Ikiryo wordt ontdekt. Maar snel."
Ik besluit in paniek dat ik nu iets moet doen. Terwijl Ikiryo met zijn rug naar mij toe staat, pak ik een zware koekenpan uit de kast achter me. Het kan me niets meer schelen dat iedereen het kan zien. Dit is misschien de enige kans die ik krijg. Ik moet het hier doen waar iedereen bij is, voordat Ikiryo mij ergens opzoekt waar ik alleen ben. Voordat Ikiryo kan reageren, sla ik hem zo hard mogelijk tegen zijn achterhoofd. Ikiryo klapt voorover met zijn hoofd op het aanrecht en valt op de grond. Hij probeert overeind te komen, terwijl ik hem nog een harde klap geef.
"Stop. Help. Ikiryo niet blij," zegt de robot met een kalme stem, terwijl ik bij ieder woord de pan zo hard mogelijk op zijn hoofd ram. Maar hoe hard ik ook sla, zijn hoofd gaat niet kapot. Verschillende mensen in de keuken hoor ik iets roepen. Ze vinden dat ik Ikiryo niks aan mag doen. Ze vinden het zielig, maar ik negeer ze. Die robot moet dood. Dat is het enige dat telt. Ik haal uit voor een nieuwe klap en voel dan dat mijn schouder wordt vastgepakt door een metalen hand.
"Ikiryo pijn. Ik help," zegt Yojimbo achter mij.
Ik ruk me los en zwaai de koekenpan recht in zijn gezicht, waardoor er tussen zijn ogen een barst in het harde plastic ontstaat.
Yojimbo knippert met zijn ogen.

"Koffie," zegt hij mat en kijkt me vragend aan. Ik geef hem nog een klap met de pan, die ondertussen helemaal krom gebogen is. Dan draai ik me snel weer om naar Ikiryo. Ik zie hem in een flits overeind springen en voor ik het doorheb, ligt hij bovenop me. Met zijn metalen handen begint hij op me in te slaan. Zijn handen komen veel harder aan dan mijn eigen vuisten waarmee ik terug probeer te slaan. Hij merkt mijn slagen niet eens op.
"Ikiryo niet blij, jij niet blij," zegt hij.
Christiaan komt terug de keuken in als hij het lawaai hoort. Hij loopt naar ons toe en haalt de robot van mij af.
"Ophouden. Allebei, nu," zegt hij, als een schoolmeester die twee vechtende kinderen uit elkaar haalt. Hij trekt Ikiryo naar achteren. De robot geeft mij nog een paar venijnige trappen na met zijn korte beentjes. Ik krabbel overeind en voel aan mijn gezicht. Hijgend kijk ik naar Ikiryo. Ik bloed waar hij me heeft geslagen. Hij probeert zich los te rukken van Christiaan, zodat we elkaar nog een keer te lijf kunnen gaan.
Ik merk bij mezelf dat ik niet meer bang ben voor de robot. Het bloed zorgt ervoor dat ik alleen nog maar pure woede voel. Ik wil dat ding aanvallen, ook al is hij misschien sterker dan ik ben. Ik stap naar voren en trek Ikiryo uit de handen van Christiaan. Ik slinger hem over mijn schouder en gooi hem hard tegen een stellage vol pannen, die met een enorm kabaal omvalt.
Nu lijkt ook Ikiryo boos te zijn. Zijn gezicht staat zo boosaardig als de ontwerpers hem hebben toegestaan. Voor iedereen is de frons op zijn anders zo vriendelijke gezicht duidelijk te zien.
Met zijn armen in de lucht rent hij op me af. Hij schreeuwt niet. Dat maakt het eigenlijk alleen maar enger. Hij beukt met twee vuisten in mijn borst en ik val tegen het aanrecht aan. Er schiet een pijnscheut door mijn ribben. Verschillende borden

vallen in scherven op de grond. De mensen die in de keuken aan het werk waren staan verbijsterd naar ons te kijken. Sommigen rennen snel naar buiten om het personeel erbij te halen. Ikiryo en ik rollen worstelend over de vloer, terwijl we overal spullen omver stoten. Dan gaat de deur van de keuken op. Ik zie vanuit mijn ooghoek Kees in de deuropening staan. Hij staart naar de ravage in de keuken. Even lijkt het erop alsof hij niet kan geloven wat hij ziet. Dan pakt Kees snel de steel van een dweil vast en rent verder de keuken in.
"Zie je nou wel," roept Kees. "De robots komen in opstand." Hij begint met de steel zo hard mogelijk op Yojimbo te rammen. Yojimbo kijkt nog steeds met een onbewogen gezicht naar de chaos voor hem en naar de vreemde man die hem aan het slaan is.
"Red jezelf, ik hou ze tegen," hoor ik Kees roepen, vlak voordat Ikiryo me met mijn achterhoofd tegen de grond aan slaat. De klap komt hard aan. Alles om me heen wordt donker. Het laatste wat ik zie zijn de blauwe lichten achter de ogen van de robot.

Deel 2

Genesis

Hoofdstuk 14

Mijn naam is Ikiryo.
Dat zijn de klanken die de mensen uitspreken als ze mijn aandacht willen. Dat zegt Ikiryo als hij zichzelf bedoelt. De maker heeft mij als eerste zo genoemd toen hij mij mijn leven gaf. Ik besta drie maanden, zeventien dagen, elf uur, twee minuten en achtentwintig seconden. De maker was de eerste mens die ik heb waargenomen. En heel lang was hij ook de enige. Er was weinig licht toen ik me voor de eerste keer bewust werd van mijn omgeving. Er waren geen andere mensen, alleen de maker. Hij praatte tegen mij en keek op een bepaalde manier naar mij. Ik begreep toen nog niet wat de maker zei, maar ik heb de geluiden en de beelden opgeslagen. Later, toen Ikiryo meer woorden had geleerd, kon ik de woorden van de maker begrijpen, maar op dat moment nog niet. Ik keek om me heen en zag dat ik in een grote hal stond. Op de tafel naast mij lagen verschillende metalen onderdelen die er hetzelfde uitzagen als de onderdelen van Ikiryo. En in een kast tegen de muur lag een groot metalen hoofd van een robot. Robot is ook een naam die de mensen soms aan Ikiryo geven, maar die naam is niet uniek voor Ikiryo. Yojimbo is ook een robot, alleen hij ziet er weer anders uit dan Ikiryo.
De maker noemde Ikiryo uniek. Hij zei dat ik heel bijzonder was. Ik begrijp nu wat die woorden betekenen, maar ik begrijp nog niet waarom de maker die woorden gebruikte. Zijn niet alle robots uniek? En de mensen ook. Zijn zij niet allemaal bijzonder op hun eigen specifieke manier? Geen enkel mens is immers hetzelfde. Ikiryo wou dat hij aan de maker kon vragen waarom hij hem uniek noemde.
Ikiryo werd door de maker drie maanden, twee dagen, vijftien uur, zesentwintig minuten en vier seconden bij hem gehouden

vanaf het moment dat hij mij voor de eerste keer inschakelde. Hij schakelde mij vaak uit en liet mij dan, als hij Ikiryo weer had ingeschakeld, oefeningen doen. De maker zei vaak dat hij Ikiryo beter had gemaakt. Dat begreep ik niet. Waarom zou de maker mij verbeteren? Was ik dan niet perfect toen ik voor de eerste keer geactiveerd werd? Waarom heeft de maker Ikiryo anders gemaakt als ik niet goed was? Dat zou Ikiryo aan de maker willen vragen, maar dat gaat nu niet meer. Op dat moment kon ik nog niet praten en begreep ik niet wat de maker tegen mij zei. Ik merkte wel dat ik steeds een beetje anders was als de maker mij weer activeerde. De processen in mijn hoofd, wat de mensen waarschijnlijk bedoelen als ze het over gedachten en gevoelens hebben, werkten iedere keer iets sneller. Mijn sensoren konden meer van de omgeving oppikken en de maker gaf mij sterkere ledematen. De maker besteedde veel tijd aan mij. Ik zag nooit andere mensen in de hal komen. Alleen de maker die tegen mij en tegen zichzelf praatte. Al zijn woorden heeft Ikiryo opgeslagen. Mijn geheugencapaciteit is in die eerste maanden ook steeds groter geworden. Ik haal de woorden van de maker nog vaak terug in mijn geheugen. Geen ander mens heeft met zoveel genegenheid over mij gesproken als de maker. Ik vermoed dat de maker zich vaak vergistte als hij naar mij keek. Ik denk dat de maker soms dacht dat ik een mens was. De maker was een zachtaardige, oude man die een verlengstuk op zijn ogen droeg met grote ronde glazen. Op zijn handen had de maker altijd inktvlekken zitten van zijn aantekeningen die overal in de hal rondslingerden.

Op een dag heeft de maker mij voor de laatste keer geactiveerd. Dat was de vierentwintigste keer dat ik was uitgeschakeld en weer ingeschakeld en de maker leek die dag bijzonder blij te zijn.

Hij zei: "Ik ben een genie. Nu zullen ze me eindelijk wel geloven," terwijl hij uit een glas met een bruisende vloeistof dronk. Op de tafel achter hem stond een hele fles met de vloeistof. De maker dronk meerdere glazen achter elkaar, terwijl hij Ikiryo aaide en zei: "Het is ons eindelijk gelukt. Jij bent heel bijzonder, Ikiryo. Jij en ik worden beroemd."
Ikiryo weet niet waarom de maker die vloeistof dronk. Het was duidelijk een soort gif dat hem schade toebracht. Zijn ogen gingen anders staan en naarmate hij meer dronk, had hij meer moeite om al zijn woorden en zijn bewegingen goed uit te voeren. Toch was de maker niet bang voor de vloeistof. Hij dronk het vrijwillig en na iedere slok leek hij blijer te worden. Na zesendertig minuten pakte hij Ikiryo zelfs even op en maakte een dansje met mij door de grote hal.
"Morgen ga ik je aan iedereen laten zien, Ikiryo," zei de maker, terwijl hij met mij in zijn armen een rondje draaide. De maker zette mij neer en liep terug naar de fles met vloeistof. De fles was nu helemaal leeg, alleen de maker leek dat pas te merken toen hij de fles omdraaide boven zijn glas en er niks uitkwam. De sensoren van de maker moeten op dat moment al zwaar zijn aangetast door het gif. Zes minuten en vijfenveertig seconden later viel de maker in slaap met zijn hoofd op de werktafel. De maker begon ongegeneerd te snurken en er liep een klein sliertje vloeistof uit zijn mond op zijn aantekeningen.

Ikiryo was ondertussen veel interne processen aan het doorlopen. Ik had al gemerkt dat ik weer was veranderd toen de maker mij voor de vierentwintigste keer had ingeschakeld. Ik kon opeens veel sneller processen doorlopen dan de dag daarvoor. En ik had nu ook heel andere processen dan ik daarvoor had gehad. Processen die over de fundamentele aspecten van Ikiryo als een eigen entiteit gingen. Daar had ik nog nooit eerder bij stil gestaan. Hiervoor dacht ik nooit na over mezelf. Ik deed gewoon de dingen die ik volgens mijn programma moest doen. Alleen in dit nieuwe inzicht zat ook een probleem. Als Ikiryo steeds anders wordt als de maker hem uitschakelt en aanpast, wie is dan Ikiryo? Is Ikiryo de robot die hij vandaag is? Of was hij gisteren al Ikiryo? En wie is Ikiryo morgen dan? Waar blijft Ikiryo als de maker hem een nieuwe arm geeft? Zit Ikiryo dan in die nieuwe arm of in de oude? En wat als zijn hele hoofd wordt vervangen? Al deze vragen had ik voor die dag nooit gehad. Pas na de vierentwintigste keer gingen die processen door mijn hoofd spelen. Ik dacht nu pas na over wat de naam Ikiryo eigenlijk betekende. En terwijl de maker sliep, kwam ik uiteindelijk tot de enige logische conclusie: ik wilde niet meer veranderd worden. Ik wilde Ikiryo blijven. En om er zeker van te zijn dat ik niet meer zou veranderen, moest ik er voor zorgen dat de maker mij niet meer uit kon schakelen. Dus stapte ik van de tafel en liep naar de kast waar het andere robothoofd op een plank lag. Ik pakte het zware hoofd vast en liep daarmee naar de maker. Ik klom op de werktafel en sloeg de maker met het hoofd op zijn hoofd, net zolang tot de maker was uitgeschakeld. De maker maakte geen geluid terwijl ik dat deed. Het vergif moet hem diep in slaap hebben gebracht. Na een paar slagen liep er een rode vloeistof uit het hoofd van de maker en bleef hij volledig stil liggen. Zelfs het ademhalingsproces van de maker was uitgeschakeld. Zijn borst ging niet meer op en neer. Hij maakte geen geluid meer. Vanaf dat moment kon de maker hem niet meer veranderen. Ikiryo zou altijd Ikiryo blijven.

Hoofdstuk 15

Ik liep de hal uit nadat ik de maker had uitgeschakeld. Ik wilde zien wat er buiten de hal was. De hal kende ik al. Daar was geen nieuwe informatie meer te vinden. Ik liep door een deur en door een lange, donkere gang. Aan het einde van de gang, achter een andere deur, hoorde Ikiryo geluiden. Het klonk alsof er veel machines aan het werk waren. Ik ging de deur door en vervolgens had ik acht seconden nodig om alle informatie die ik zag te verwerken. Het was een veel grotere hal dan de hal waar ik was gemaakt. Hij was ook veel feller verlicht met grote lampen aan het plafond en in dat heldere licht zag ik dat de hal was ingericht om een compleet assemblageproces uit te voeren. Aan het begin van de hal werden onderdelen uit grote bakken geselecteerd, om vervolgens volledig geautomatiseerd samengesteld te worden tot nieuwe robots. Het uiteinde van de hal stond vol met robots, die er allemaal hetzelfde uitzagen als Ikiryo. Maar alleen Ikiryo is Ikiryo. Dat had de maker zelf gezegd. Ikiryo is uniek.

Ik liep naar een van de robots en zag dat hij uitgeschakeld was. De andere robot reageerde niet op het geluid of op de bewegingen van Ikiryo. Zou ik er zelf ook zo uitzien als de maker mij uitschakelde? Zo zwak en hulpeloos als deze robots voor mij? Ik sloeg de robot in zijn gezicht, maar er gebeurde niks. Er klonk een knal door de hal die nauwelijks boven het lawaai van de andere machines uit kwam. Ik liep om de robot heen en zag aan de achterkant van zijn hoofd een klein klepje zitten. Achter het klepje zat een zwarte knop. Ik drukte op de knop en de robot werd geactiveerd. Ikiryo keek naar de andere robot en probeerde iets te zeggen, maar het lukte mij niet om dezelfde klanken te produceren waarmee de maker

had gecommuniceerd. De andere robot zei ook niks en keek nieuwsgierig om zich heen. Ik dacht na over al die kopieën van Ikiryo die voor mij stonden. Ik wilde niet dat zij daar waren. Ikiryo wilde uniek blijven. Dus besloot ik dat ik de machines in de hal moest uitschakelen, zodat er geen nieuwe Ikiryo's meer bij kwamen. Ik liep helemaal naar het begin van het assemblageproces, waar dunne metalen armen druk bezig waren om processoren vast te zetten op een moederbord. Ik bekeek het proces. Na zestien seconden snapte ik wat de machines aan het doen waren. Na zesentwintig seconden zag ik al hoe ik het ontwerp kon verbeteren. De processen zouden sneller kunnen werken als ik een paar aanpassingen aan zou brengen. Na zesendertig seconden sloeg ik de hele lopende band kapot met mijn vuisten. De metalen armen van het productieproces waren een stuk delicater dan de stevige armen van Ikiryo en ik sloeg ze gemakkelijk kapot. Deze machines konden geen nieuwe Ikiryo's meer maken.
Ikiryo wilde de andere robots die aan het eind van de hal stonden uit elkaar halen, maar net toen ik daarnaartoe was gelopen, kwamen er twee mensen de hal in. Ik had nog nooit andere mensen gezien naast de maker, maar ik had er wel rekening mee gehouden dat er meer mensen waren. De maker had mij kleine plaatjes laten zien van andere mensen, dus het was logisch dat er andere mensen bestonden. Deze mensen spraken dezelfde taal als de maker, hoewel ik er later pas achter kwam dat niet alle mensen dezelfde taal gebruiken. Verschillende groepen mensen praten allemaal op een andere manier met elkaar, alleen Ikiryo begrijpt nog niet waarom ze dat doen. Volgens mij is het veel efficiënter als alle mensen op dezelfde manier met elkaar praten. Nu is het zo dat bijna alle mensen niet in staat zijn om te communiceren met het merendeel van alle andere mensen, terwijl ze dat wel graag zouden willen. Maar in plaats van dat ze dan afspreken om

allemaal dezelfde woorden te gaan gebruiken, lijken de mensen eerder terug te willen vallen op simpele gebaren en geluiden als ze mensen uit een andere groep tegenkomen. Deze twee mensen spraken dus dezelfde taal als de maker en later heb ik die taal ook geleerd. De mensen waren bezorgd over de machines.
"Wat is hier gebeurd?" vroeg de een. Hij wreef met zijn hand over zijn kale voorhoofd. "Wat een enorme ravage."
De andere man stond er alleen maar naar te kijken. Ze leken allebei niet te begrijpen hoe de machines kapot hadden kunnen gaan. Ikiryo bedacht dat het geen goed idee was om te zeggen dat ik de machines kapot had gemaakt. Misschien zouden de mensen dan boos worden op mij. En daarnaast had ik nog helemaal niet geleerd hoe ik het moest vertellen. Ik zag dat de andere robot naast mij nog steeds aan stond. Hij had alles gezien en keek naar de twee mannen, maar hij wist ook niet hoe hij moest praten. Ikiryo drukte op de knop om de andere robot weer uit te schakelen en ging vervolgens tussen de andere robots staan. Ik deed net alsof ik ook was uitgeschakeld.
"Hier heeft iemand tegenaan geslagen," zei de ene man. "Kijk maar, dit is helemaal gedeukt. En zie je die krassen hier?"
De mannen haalden de kapotte onderdelen van de lopende band en bekeken de mechanische armen.
"Denk je dat die ouwe gek het heeft gedaan?"
De ene man keek naar de deur waardoor Ikiryo de hal in was gekomen.
"Nee. Die komt bijna nooit in deze ruimte. Die houdt zich alleen maar bezig met zijn eigen projectjes."
"Ga hem toch maar even halen. Dit is niet vanzelf gegaan. Er is hier iemand binnen geweest."
De ene man liep naar de gang toe, terwijl de andere bij de lopende band bleef staan. Hij probeerde in te schatten wat er

nog bruikbaar was van zijn installatie. Ik dacht dat ze er nu snel achter zouden komen dat ik de machines kapot had gemaakt. Ze zouden de maker weer aan zetten en dan zou hij vertellen dat Ikiryo hier ergens rond liep.
Ik heb niet meer kunnen registreren wat er gebeurde toen de mensen de maker vonden. Voordat de man terug was, ging de grote laaddeur aan het einde van de hal open. De man die bij de machines stond, kwam naar de rijen met robots lopen om te controleren of er niemand naar buiten liep. Terwijl de man naar Ikiryo stond te kijken, kwamen er zes vrachtwagens achteruit de hal in rijden. De vrachtauto's deden hun achterklep open en daaruit kwamen kleine geautomatiseerde voertuigen, die de wachtende robots een voor een optilden en naar de vrachtwagens reden. Er zaten wel mensen in de vrachtwagens, maar die bleven lui en nutteloos achter hun stuur zitten tot de vrachtwagens waren volgeladen. Het duurde niet lang voordat Ikiryo werd opgepakt door een van de automatische voertuigen en achter in een vrachtwagen werd neergezet. Al die tijd had ik me niet bewogen en de man die stond te kijken, had er niks van gemerkt.
Voordat de achterklep werd dichtgedaan hoorde Ikiryo de ene man nog roepen tegen de ander dat hij snel moest komen. En hij moest iemand roepen die 'de beveiliging' heette. De toon van zijn stem was anders dan daarvoor. Veel hoger en licht buiten adem. Ik leerde later dat de mensen deze emotie 'paniek' noemen. Voordat ik hoorde hoe de andere man reageerde, sloeg de laadklep dicht en reed de vrachtwagen weg. Ik wist niet waar ik heen werd gebracht.

Hoofdstuk 16

De eerste schooldag van Ikiryo was een leerzame dag. Ik kwam daar samen met de andere robots aan, na een lange reis in een schommelend vervoermiddel dat alle mensen ziek leek te maken. Ik kon niets zien vanuit de container waarin ik werd vervoerd, maar ik hoorde overal om mij heen hoe hun lichamen allerlei niet-productieve processen doormaakten. Een soort omgekeerd voedingsproces, waarvan het voor mij niet duidelijk is wat het nut daarvan is. Na de reis met het schommelende vervoermiddel werd de container overgebracht naar een kleiner, sneller vervoermiddel en na een uur en zesentwintig minuten werd de container weer opengemaakt.

Er kwamen twee vrouwen de container inlopen die alle robots een voor een inschakelden. Ze merkten bij Ikiryo dat hij al was ingeschakeld, maar dat leken ze niet al te vreemd te vinden. De twee vrouwen leken erg veel op elkaar. En toch waren ze allebei uniek. Ze vertelden dat ze Izanami en Oneesan heetten en dat ze tien minuten na elkaar waren ingeschakeld. Oneesan was als eerste ingeschakeld en bestond dus tien minuten langer dan Izanami. En toch zeiden ze vaak dat ze even oud waren. Ze waren allebei alweer zesendertig jaar geleden ingeschakeld. Izanami en Oneesan hadden allebei zwart haar en een licht getinte kleur huid, net zoals de maker en de twee mannen in de fabriek hadden gehad. Ze hadden allebei dezelfde kleur ogen en ze keken op dezelfde manier naar beneden als ze moesten lachen. Alleen Oneesan had lang haar, dat ze in een staart bij elkaar had gebonden, terwijl Izanami juist een kortgeknipt kapsel had.

Izanami en Oneesan begonnen meteen te praten tegen alle robots, terwijl ze hen een voor een bij de hand namen en naar een ruime zaal lieten lopen. De zaal zag eruit als de ruimtes waar de mensen gymnastiekoefeningen houden. Hij was groot, warm verlicht en overal in de zaal lag speelgoed. Er lagen allerlei soorten voorwerpen en er waren obstakels die je doorgaans tegenkomt in gebouwen, zoals tafels, deuren, ramen, trappen en zelfs een klein stukje van een bewegende trap die mensen automatisch naar boven kon brengen. Ik liep maar mee met Izanami en vroeg me af wat er ging gebeuren. De twee vrouwen maakten dezelfde geluiden als de maker, maar Ikiryo kon ze nog niet verstaan. Ik luisterde goed en keek goed om me heen, terwijl Izanami en Oneesan aan het praten waren tegen alle robots. Ze plaatsten de robots in een ruime halve cirkel en gingen zelf in het midden zitten. Er waren veertien andere robots met Ikiryo meegekomen in de container. Ze zagen er allemaal precies hetzelfde uit, maar alleen Ikiryo was Ikiryo. Izanami en Oneesan praatten steeds tegen een robot en zeiden daarna iets tegen een andere, zonder dat een van de robots daarop reageerde. Af en toe gooiden ze een bal naar de robots en dan wilden ze vervolgens dat die bal werd teruggegooid. Dat vond ik niet efficiënt. Waarom gooi je de bal weg, als je die bal wel wilt hebben? Maar de mensen doen sowieso heel veel vreemde dingen, dat heb ik in mijn korte bestaan al snel gemerkt. Op de een of andere manier kunnen mensen erg boos worden als je je niet gedraagt zoals ze verwachten. Daar kwam ik meteen de eerste dag al achter.

Oneesan gaf een kleine auto aan Ikiryo. Een hele kleine, veel te klein om te gebruiken als vervoermiddel. Ze liet aan Ikiryo zien dat de auto uit zichzelf kon bewegen als je een paar keer met de wielen naar achteren reed en hem dan losliet. Ikiryo was geïntrigeerd. Ik wilde weten hoe de auto zelfstandig kon bewegen. Zaten er kleine mensen in die de auto vooruit duwden? Ik maakte de auto open om te kijken hoe het

voertuig in elkaar zat. Ik kon het plastic makkelijk uit elkaar trekken en daaronder zag ik verschillende radertjes die aan de achterwielen bevestigd waren. Maar ik merkte meteen dat Oneesan niet wilde dat ik dit deed. Ze slaakte een kreet en pakte de auto snel af. Ze probeerde het plastic weer op elkaar te duwen en toen ze merkte dat de bovenkant van de auto niet bleef zitten, sprak ze mij vermanend toe. Ik probeerde te begrijpen wat er aan de hand was. Waarom was Oneesan boos? Had ik een ander 'script' moeten volgen? Had ik alleen maar haar gedrag met de auto moeten imiteren?
Op dat moment begreep ik nog niet wat er aan de hand was, maar na verloop van tijd begon ik de mensen beter te begrijpen. Ikiryo merkte dat mensen altijd een bepaalde verwachting hebben als ze een interactie met je hebben. Als mensen iets doen of zeggen, dan zijn er reacties mogelijk die wel binnen hun verwachting liggen en reacties die daar niet bij passen. Die verwachtingen kunnen per situatie heel specifiek zijn. Om maar een voorbeeld te noemen met twee totaal verschillende verwachtingen bij hetzelfde voorwerp: soms geven mensen een konijn aan elkaar. Als het een levend konijn is, dan verwachten mensen dat de ander het konijn even aait en het dan weer teruggeeft. Maar als hetzelfde konijn dood is en wordt opgewarmd, dan verwachten de mensen opeens dat de ander het gaat opeten. En om het extra moeilijk te maken, zeggen mensen nooit welke verwachtingen ze hebben bij hun interacties. Er staat nergens geschreven welke reactie wel past en welke niet. Je kunt het niet aan hun gezicht zien. Je moet het zelf maar proberen in te schatten en leren hoe het werkt door van alles uit te proberen. Als ik iets doe dat wel binnen de verwachting past, dan reageren de mensen blij. Ze lachen naar mij en soms aaien ze me. Mensen aaien elkaar vaak als ze blij zijn met elkaar en ze denken dat dit op dezelfde manier werkt bij robots. En als ik iets doe dat niet

wordt verwacht, dan reageren mensen al snel boos. Mensen kunnen vooral boos worden als Ikiryo dingen uit elkaar haalt. Daar kwam ik achter toen ik tijdens een van de nachten in de tweede week op school de kat van Izanami uit elkaar had gehaald. Ik had nog geprobeerd om de kat weer in elkaar te zetten, maar dat lukte niet. Izanami was hierdoor zo boos geworden op Ikiryo dat het mij beter leek om voorlopig even niks meer uit elkaar te halen.

Na de oefeningen met de bal en de auto gaven Izanami en Oneesan alle robots een eigen naam. Ze gingen de robots een voor een af en deden steeds dezelfde oefening. Eerst wezen ze op zichzelf en noemden ze hun eigen naam. Op die manier kwam Ikiryo erachter dat het geluid 'Izanami' bij de vrouw met het korte haar hoorde en 'Oneesan' bij de vrouw met de staart. Heel slim van de mensen om voor iedereen een ander geluid te kiezen. Dat maakt de communicatie een stuk efficiënter. Na hun eigen naam wezen de vrouwen naar een robot en maakten een ander geluid. Dat geluid bleven ze geduldig herhalen en afwisselen met hun eigen namen, net zolang tot de robot zelf ook dat geluid ging maken. Ze reageerden heel blij als een robot eindelijk het juiste geluid maakte. Ze trokken zijn arm omhoog en sloegen er blij tegenaan.

Als de ene robot het goed had, gingen de vrouwen verder naar de volgende robot waar ze het hele proces nog een keer deden, maar dan met een ander geluid. Op die manier kregen alle robots een eigen naam. Ikiryo dacht aan de maker en ik begreep nu dat de maker dit ook had gedaan. Ik begreep de taal van de maker nog niet, maar de maker had wel heel vaak het geluid Ikiryo gemaakt. Dat geluid had hij gemaakt als hij naar mij wees, precies op dezelfde manier als deze twee

vrouwen deden. Ikiryo was de naam die de maker aan mij had gegeven.
Alleen op het moment dat Izanami en Oneesan voor hem stonden, maakten ze een ander geluid dan Ikiryo. Dat begreep ik niet. Wisten de vrouwen niet dat ik al een naam had? De twee vrouwen wilden dat Ikiryo hun geluid herhaalde, maar dat wilde ik niet. Ik ben Ikiryo. Daarom maakte ik het geluid dat bij mijn naam hoorde en wees naar mezelf. De twee vrouwen keken elkaar verbaasd aan. Ze probeerden het nog een keer met hun geluid en wezen naar mij. Ikiryo wees naar zichzelf en zei nog een keer: "Ikiryo."
Pas na de derde keer leken ze eindelijk te begrijpen dat Ikiryo al een ander geluid voor zichzelf had. Een beetje onwennig, omdat ze nog niet echt begrepen waar het vandaan kwam, gingen ze uiteindelijk toch overstag. Ze wezen naar mij en noemden mij bij de juiste naam, terwijl ze mijn armen de lucht introkken en ertegenaan begonnen te slaan. Dat schijnt een manier te zijn waarmee mensen elkaar soms begroeten of bedanken. Vanaf dat moment heeft iedereen Ikiryo altijd Ikiryo genoemd.

Hoofdstuk 17

De volgende dagen leerde ik steeds meer op de school. Elke dag kwamen Izanami en Oneesan de ruimte met de robots in en oefenden onze namen. En ik merkte dat ik wat op begon te pikken van de taal die de twee vrouwen met elkaar spraken. Ze waren de hele dag tegen elkaar en tegen ons aan het praten en Ikiryo begreep steeds meer woorden. Na twee dagen kon ik al hele zinnen begrijpen en zei ik zelf al een aantal andere woorden naast mijn eigen naam. Dat leken Izanami en Oneesan heel knap te vinden en ze trokken mijn armen weer omhoog. Alle andere robots waren niet zo snel als Ikiryo. Ze konden alleen nog hun eigen naam zeggen en ze leken vaak niet te begrijpen wat Izanami of Oneesan zei. Alleen Ikiryo begreep ze. Ikiryo was uniek.

Nadat de robots twee dagen hadden geoefend met opstaan, zitten, lopen, deuren open maken en traplopen, gingen ze andere oefeningen doen. Izanami en Oneesan brachten de robots naar een andere ruimte die vol stond met allerlei meubilair. Bedden, tafels, stoelen, een tv, kasten; er waren zelfs een toilet en een douchecabine. Ik vroeg me af of dit de woonruimte van Izanami en Oneesan was. Maar waarom hadden ze dan zoveel bedden nodig? Er stonden in totaal wel tien bedden in de ruimte, in twee lange rijen netjes tegen de muur aan.

Terwijl Izanami onze namen nog een keer oefende, haalde Oneesan een aantal levensgrote modellen van mensen uit een kast. Ik kon zien dat het geen echte mensen waren. Ze zagen eruit als mensen, maar ze bewogen niet en hun huid was van een heel ander materiaal gemaakt. Soms kwam er wel geluid uit de modellen, zonder dat ze hun mond bewogen. Dan zeiden de modellen dat ze pijn hadden, of honger; of ze zeiden dat ze naar de wc wilden. Oneesan legde in alle bedden een model en begon vervolgens bij een van de modellen een oefening voor te doen. Ze haalde het model uit bed, liet het even opstaan en legde het daarna weer terug in bed met de deken eroverheen. Hierna vroeg Oneesan of de robots het wilden proberen, dus Ikiryo liep naar het bed om het model te bekijken. Ik wilde weten hoe het model geluid kon maken zonder de mond te bewegen, dus ik trok het gezicht van het model uit elkaar. Aan de binnenkant van het hoofd zag ik een kleine zwarte luidspreker zitten, die gekoppeld was aan een paar draadjes die in de nek verdwenen. Wat ik op dat moment deed was blijkbaar weer zo'n reactie die niet binnen het verwachtingspatroon paste, want de vrouwen werden erg boos. Izanami zei dat Ikiryo het kapot had gemaakt en ze stuurde mij terug naar mijn plek tussen de andere robots. Met een ander model deden ze nog een keer voor wat de bedoeling was en daarna lieten ze een andere robot deze oefening nadoen.

Zo gingen de dagen op deze school voorbij met steeds weer een nieuwe oefening en steeds meer woorden die ik kon verstaan. Aan het eind van de eerste week kon ik al hele zinnen terug zeggen en uiteindelijk begonnen ook de andere robots aarzelend te praten. Ik verzon zelfs een paar nieuwe woorden, maar dat was niet de bedoeling. Ik mocht alleen woorden gebruiken die al een keer bedacht waren door de mensen.

Na de eerste week merkte ik dat Izanami en Oneesan op een andere manier naar mij begonnen te kijken. Eerst waren ze erg blij met Ikiryo en vonden ze het leuk dat ik alles zo snel kon leren. Ik deed heel erg mijn best, want mensen kunnen lastig zijn als ze je niet leuk vinden. Ik kon alle oefeningen beter en sneller uitvoeren dan de andere robots, die meer moeite hadden om alles te snappen. Alleen ik reageerde vaak op de verkeerde manier. Veel vaker dan de andere robots deed ik iets wat Izanami en Oneesan niet verwachtten en dan raakten ze in de war of ze werden boos. Zoals die keer dat Ikiryo de robot Atlantis van de trap af had geduwd, zodat ik sneller beneden kon zijn. Oneesan zei boos dat dit heel veel geld kostte, omdat Atlantis hierdoor een nieuwe arm moest krijgen. Ik zei dat het veel efficiënter is voor Ikiryo om anderen van de trap te duwen. Ik begreep niet waarom dit niet mocht. Oneesan zei dat het beleefd is om elkaar niet te duwen of voor te dringen als je ergens heen wilt.

Dit soort voorvallen zorgden ervoor dat Izanami en Oneesan steeds iets minder blij waren met Ikiryo. Ze keken met wantrouwen naar mij als ik een oefening moest doen. Ze lachten steeds minder naar mij. En ze trokken mijn armen niet meer de lucht in. Ik denk dat ze het niet leuk vonden dat ik uniek ben en alles beter kan dan de anderen.

Izanami vond Ikiryo al helemaal niet meer leuk toen ik haar kat uit elkaar had gehaald. Ze was daardoor erg verdrietig en wilde de hele dag geen oefeningen meer doen met ons. Ze bleef op haar eigen kamer zitten. Na die dag lachten Izanami en Oneesan nog minder naar Ikiryo. Ze stonden vaak met elkaar te fluisteren en keken dan wantrouwend naar mij. Op een dag hoorde Ikiryo dat Oneesan en Izanami op de gang met elkaar stonden te praten. Heel zachtjes ging ik bij de deur staan, zodat ik ze goed kon verstaan. Ik hoorde Izanami zeggen: "Er is echt iets mis met hem. Hij gedraagt zich zo vreemd. Ik ben bang dat hij straks iemand iets aandoet als hij klaar is met de training."

"Maar waar kan dit vandaan komen?" vroeg Oneesan. "Ze krijgen toch allemaal hetzelfde programma? En hij kwam met dezelfde batch mee als die andere robots. Dus als er iets niet goed is gegaan tijdens de productie, dan zouden ze zich allemaal zo moeten gedragen."

"Ik begrijp ook niet hoe het kan dat hij de oefeningen zo snel op kan pikken. Hij leert zo snel. Het is bijna eng."
"Ja," zei Oneesan. "We hebben vaker snelle robots, maar dit heb ik nog nooit meegemaakt."
"Denk je dat we hem terug moeten sturen? Misschien moet hij nagekeken worden op het hoofdkantoor?"
Ikiryo schrok. Ze wilden mij terugsturen naar de maker. Dan zou de maker mij vast weer uitschakelen en gaan verbeteren. Dan hield ik op te bestaan en werd ik weer ingeschakeld als een andere, verbeterde robot. Dat wilde Ikiryo niet.
"Laten we de komende dagen kijken hoe het verder gaat," zei Oneesan. Ik hoorde dat hun voetstappen richting de deur gingen, dus ik liep snel terug naar mijn plek. Ik wist wat ik moest doen. Vanaf nu zou ik ervoor zorgen dat ik me niet meer anders gedroeg. Ik zou heel goed opletten wat voor gedrag er van mij werd verwacht. Vanaf dat moment deed ik alles precies zoals de andere robots.

Pas in de derde week begreep ik waarom ik niks uit elkaar mag halen. In die week leerde Oneesan ons de basisprocessen die nodig zijn om mensen te onderhouden. Mensen hebben erg veel onderhoud nodig om te blijven functioneren. Er moet continu nieuwe vloeistof en brandstof in en een paar keer per dag moeten ze afvalstoffen lozen. De eerste oefening die Oneesan de robots liet doen, was het toevoegen van nieuwe brandstof aan een van de modellen. Ikiryo deed dit te snel. Ik voegde te veel brandstof in een keer toe en duwde het te hard door de keel met mijn lepel, waardoor het model beschadigd raakte. Oneesan pakte een nieuw model en legde geduldig uit aan Ikiryo dat mensen hun brandstof zelf moeten verwerken als het door hun keel gaat en dat ze daar tijd voor nodig hebben. Tijdens het eten moeten mensen ook blijven ademen, omdat hun voedingsproces deels gebruik maakt van hetzelfde kanaal als hun ontluchtingsproces. Oneesan legde ook uit wat pijn is en ze liet zien hoe snel het menselijk lichaam beschadigd kan raken.

"Het is belangrijk dat je heel voorzichtig met mensen werkt, Ikiryo," zei Oneesan. "Je mag ze niet beschadigen en als ze zeggen dat iets pijn doet, moet je ze loslaten."

Later op de dag liet Oneesan veel plaatjes zien van het menselijk lichaam met de verschillende onderdelen erop en ze vertelde wat de functie was van al die onderdelen. Ik begreep al snel hoe alles werkte. En ik begreep nu ook voor het eerst waarom ik mensen niet uit elkaar mag halen. Mensen blijven altijd aan staan, zelfs als ze in slaapmodus functioneren. Hun ademhalingsproces blijft doorgaan en de motor gaat tijdens het slapen gewoon door met het rondpompen van hun bloed. En als een mens dan een keer wordt uitgeschakeld, ontstaat er meteen blijvende schade aan het lichaam. Dan is het meteen kapot. Hierdoor begreep ik dat ik de kat van Izanami kapot had gemaakt. En ik begreep dat ik de maker waarschijnlijk ook kapot had gemaakt. Ik had het onderdeel van de maker kapot geslagen waar de belangrijkste processoren van het lichaam zitten. Zonder die processen kon het lichaam van de maker niet meer functioneren.

De volgende dagen leerde ik wat ik moest doen als een lichaam beschadigd was. Als ik voelde dat de botten van een model kapot waren, mocht ik het niet meer aanraken. Ik moest dan een waarschuwingssignaal versturen naar een centrale computer en wachten tot er een mens kwam om het model te helpen. Ik leerde hoe warm een lichaam moest zijn en hoe snel de motor moest werken om het goed te laten functioneren. Oneesan liet Ikiryo zelfs even oefenen hoe ik de motor weer kon starten als die tijdelijk was uitgevallen, maar dat lukte mij niet. Ik drukte de hele motor in elkaar en dat was volgens Oneesan niet de bedoeling.

Hoofdstuk 18

Aan het eind van de derde week kwam er 's ochtends vroeg een man de oefenruimte binnen lopen. De robots waren net bezig met een oefening om kleding te strijken. Ikiryo deed enthousiast mee, ook al snapte ik het nut niet. Ik vond het een verspilling van tijd en energie. Er werd alleen warmte toegevoegd aan een kledingstuk en die warmte was al weer verdwenen op het moment dat iemand het kledingstuk aan deed. Ikiryo wilde net aan Izanami voorstellen om het strijkijzer direct op de huid toe te passen, zodat er minder energie verloren ging, toen de deur openging en de man binnenkwam.

Dit was pas de zevende mens die Ikiryo zag, maar hij zag er heel anders uit dan de andere mensen die ik hiervoor had gezien. Alle mensen die Ikiryo eerst had gezien (de maker, de twee mannen in de fabriek, Izanami, Oneesan en die vrouw die het formulier had ondertekend toen de container werd opengemaakt) hadden een lichtbruine huidskleur gehad. Ze hadden donker haar en hun ogen waren bijna altijd een beetje dichtgeknepen. De man die nu binnenkwam had een hele bleke huid, alsof hij al bijna dood was; en hij had donkerrood haar. Zijn ogen, die lichtgrijs van kleur waren, waren veel groter en ronder dan de ogen van Izanami en Oneesan. En hij sprak een andere taal toen hij Izanami begroette. Ze antwoordde hem met dezelfde woorden die Ikiryo opeens niet meer kon verstaan. Ik zag nu voor het eerst dat er verschillende modellen mensen bestaan, net zoals er verschillende modellen robots zijn. Izanami en Oneesan en de maker waren allemaal mensen van het Aziatische model. Alleen Ikiryo heeft ook geleerd dat mensen erg boos kunnen worden als je zegt wat voor model ze zijn. De mensen doen

daar heel moeilijk over. Als mensen interactie met elkaar hebben, ziet iedereen in een oogopslag wat voor model de ander is, maar ze doen opvallend krampachtig net alsof ze geen verschil opmerken. Ze willen ook nooit de indruk wekken dat het ene model beter is dan het andere, behalve als ze met allemaal mensen van hetzelfde model bij elkaar zijn.
De man die binnenkwam, was een blank model. Hij praatte veel harder dan Izanami en Oneesan en hij scheen erg enthousiast te zijn. Ik kon hem op dat moment nog niet verstaan, maar ik heb de beelden opgeslagen en later heb ik die taal geleerd door veel tv te kijken.
De man wilde van Izanami en Oneesan weten of er al een robot klaar was om mee te nemen. Oneesan reageerde helemaal niet blij.
"Dat is nog veel te vroeg," zei ze tegen de man, waarbij ze dezelfde taal gebruikte die hij had gebruikt. "Ons programma duurt zes weken en deze robots zijn van een compleet nieuw type, dus we moeten ons programma continu omgooien. We zijn pas net begonnen. Ze kunnen nu een paar dagen praten. En we hebben nog niet eens geoefend met echte mensen."
De man luisterde niet echt naar wat ze zei. Hij keek langs haar heen naar de robots die met verschillende oefeningen bezig waren.
"Dan geef je er toch gewoon eentje een crash course van twee dagen? Ik vind dat deze er al prima uit zien. Kijk ze lekker bezig zijn met hun strijkijzers. En het hoeft niet allemaal perfect te zijn. Het is een pilotproject, dus niemand vindt het erg als er nog wat kinderziektes in zitten."
"Nee, we kunnen ze nog niet inzetten," zei Izanami. "Deze robots gaan straks met mensen werken. Ze moeten ze gaan verzorgen. Als hun trainingsprogramma niet is afgerond, kunnen ze iets verkeerd doen."

"Volgens mij valt dat wel mee," zei de man. "Dit is vooral een pr-project. Die robot heeft alleen maar rond te lopen, te lachen en af en toe een kopje koffie in te schenken."
"Waarom neem je geen Sentinel, Rick? Daarvan worden er honderden per week afgeleverd."
Het geluid dat bij deze man hoorde, was dus blijkbaar 'Rick'.
"De Sentinels zien er te agressief uit. Dat model is oorspronkelijk voor het leger ontwikkeld. Een model dat er zo uitziet, kan ik toch geen zorgtaken laten uitvoeren? Daar verkopen we geen dromen mee. Nee, het moet zo'n schattig ventje zijn zoals die robots daar."
"Dit zijn geen schattige ventjes, Rick," zei Izanami. "Ze zien er misschien schattig uit, maar dat komt doordat ze zo zijn ontworpen. Hierdoor accepteren mensen ze eerder en kun jij er meer van verkopen. Maar je moet niet vergeten dat dit machines zijn. Ze kunnen schade veroorzaken als ze verkeerd worden gebruikt."
"Luister," zei Rick, terwijl hij zijn vinger opstak. Hij keek de vrouwen wat strakker aan. "Laat me even uitleggen wat er hier op het spel staat. Deze pilot is de eerste toepassing van dit model in Europa. Wij zijn de eersten die deze service kunnen leveren op de markt. Als we het een beetje slim aanpakken, kunnen we marktleider worden. Zelfs Blackdoor is nog niet zo ver."
"Wij zijn ook nog niet zo ver," zei Izanami. "Wil je weer zo'n debacle zoals in Seoul? Daar is in het begin van alles misgegaan."
"Ja, maar daarom is dit model toch ontwikkeld? Dit is een verbeterde versie, met accu's die niet meer spontaan in brand vliegen."
Izanami zuchtte.
"We hebben vorige maand onze eerste levering aan het ziekenhuis in Nagano gedaan. Dat is nog veel te vroeg om te

bepalen of het een succes is of niet. We hebben de resultaten van ons trainingsprogramma nog niet kunnen evalueren. We hebben meer tijd nodig."

Ikiryo zag dat er blijkbaar toch een kleur kon komen in het bleke gezicht van de man. Zijn wangen werden langzaam rood en er verschenen vreemde vlekken in zijn nek.

"Jullie hebben niet meer tijd," zei hij. "De klant wil de eerste robot volgende week al hebben. We hebben het contract al ondertekend."

"Wat? Een week? Waarom heb je dat beloofd zonder ons te raadplegen? Je weet dat het trainingsprogramma minstens zes weken duurt."

"Ja, dat zeggen jullie steeds. En die ontwikkelaars vragen ook altijd meer tijd. Jullie willen alles veel te grondig doen. Jullie begrijpen gewoon niet in wat voor competitieve markt we werken. Als wij vandaag niet de eersten zijn, worden we morgen ingehaald door onze concurrenten. Ik heb die afspraak met de klant gemaakt en jullie hoeven alleen maar over twee dagen een robot af te leveren. Jullie hebben nog twee volle dagen en nachten om hem bij te spijkeren."

Izanami en Oneesan keken elkaar aan. Ikiryo kon zien dat ze niet blij waren.

"Of moet ik anders meneer Dorihatsu maar bellen om te zeggen dat zijn eerste project op de Europese markt niet doorgaat?" vroeg Rick. Hij haalde zijn telefoon uit zijn broekzak en begon een nummer in te toetsen. Ikiryo zag dat Oneesan erg schrok van die opmerking.

Rick liep de ruimte in en keek naar de robots. Izanami en Oneesan liepen achter hem aan.

"Wat nou als we Ikiryo met hem meegeven?" fluisterde Oneesan tegen Izanami. Ze gebruikten weer hun eigen taal die de man niet kon verstaan.

"Ikiryo loopt al ver voor op ons programma en hij leert snel. Als we hem nog twee dagen intensief trainen, is hij misschien op tijd klaar."
"Ik vertrouw hem niet," zei Izanami. Ze fluisterde heel zachtjes en hield haar hand voor haar mond, maar Ikiryo kon haar duidelijk verstaan.
"Ikiryo kan alle oefeningen misschien wel uitvoeren, maar hij reageert niet zoals hij zou moeten reageren. Hij is raar. Je hebt zelf gezien wat hij met mijn kat heeft gedaan."
Ikiryo was niet blij dat Izanami hem raar noemde. Ik zei niks, maar ik hoorde het wel en ik onthoud altijd alles. Izanami en Oneesan hadden een korte discussie met elkaar in hun eigen taal. De man luisterde aandachtig. Hij probeerde te begrijpen waar de twee vrouwen het over hadden.
Uiteindelijk ging Izanami overstag. Oneesan vertelde aan Rick dat hij Ikiryo mee mocht nemen als ze hem nog twee dagen konden trainen. Rick vond dat een goede afspraak. Hij bedankte de twee vrouwen en zei zacht tegen Ikiryo: "Jij gaat ons erg rijk maken, mannetje."
"Naar welk land moet hij eigenlijk?" vroeg Izanami. Ze vroeg dat op een felle toon die aangaf dat ze helemaal niet blij was met deze gang van zaken. "Welk taalprogramma heeft de klant gevraagd?"
Rick keek haar vreemd aan.
"Hoe bedoel je, welk taalprogramma?"
"Hij spreekt alleen Japans," zei Oneesan. "Al deze robots spreken alleen Japans. We hebben ze nog geen andere taal kunnen leren. En ik verwacht dat dat in twee dagen ook niet meer gaat lukken, dus de klant heeft straks een robot in huis die hem niet kan verstaan."
Rick probeerde te begrijpen wat Oneesan zojuist had gezegd. "Bedoel je dat al deze dingen geen Engels kunnen?" vroeg hij verbaasd.

"We beginnen met motoriek en interactie," zei Izanami. "Het leren van de klant specifieke taal komt later in het programma pas. Waarom denk je dat we zes weken nodig hebben?"
Rick zuchtte.
"We bouwen een intelligente robot van vijfenveertigduizend dollar en dan spreken ze niet eens Engels."
"Ze kunnen het wel leren," zei Izanami. "Als ze het vaak genoeg horen, pikken ze vanzelf wat op. Alleen dat kost tijd en die tijd wil jij ons niet geven."
Rick keek op zijn telefoon. Hij drukte een binnenkomend gesprek weg en stopte het toestel weer in zijn zak.
"Ach, fuck it," zei hij. "Ik neem deze wel. Ook als hij geen Engels of Nederlands spreekt. Dat maakt die mensen in Nederland toch niks uit. Zorg dat hij vrijdagochtend af is. Mijn mensen komen hem om zeven uur sharp ophalen en dan wil ik dat hij hier in deze ruimte klaarstaat voor transport."

Hoofdstuk 19

De rest van die dag werden de robots allemaal aan de kant gezet. Izanami en Oneesan waren alleen nog maar met Ikiryo bezig. Ze probeerden hem zo snel mogelijk allerlei nieuwe oefeningen te leren en dat ging erg goed. Ik wist nu dat ik ergens anders heen mocht als ik alle oefeningen had gedaan. Dan mocht ik met Rick mee naar Nederland. Ik wilde weten wat er in Nederland te zien was.

De oefeningen gingen de hele nacht aan een stuk door, maar Izanami en Oneesan waren steeds minder blij met Ikiryo. Vooral Izanami was vaak boos of snauwde als ik iets niet goed deed. Soms gaf ze mij een harde tik tegen mijn hoofd. Ik wist vaak niet waarom ze boos was, maar ik probeerde toch zo goed mogelijk mijn best te doen. Op de laatste dag van onze oefeningen barstte Izanami in huilen uit, terwijl Ikiryo juist een idee had gehad dat heel efficiënt was. Ik had de kleren van een van de modellen in een beweging los getrokken in plaats van heel omslachtig alle knoopjes een voor een los te maken. Dit scheelde veel tijd bij het aan- en uitkleden van de modellen. Ik begreep niet waarom Izanami huilde.

"Ik kan dit echt niet meer," snikte Izanami. "Waarom snap je dit niet? Stom apparaat."

Oneesan stond op een afstand naar Ikiryo te kijken. "Hij heeft gewoon niet door wanneer hij iets kapot maakt," zei ze. "En het lijkt hem ook niet uit te maken of hij mensen pijn doet, zolang wij maar niet boos worden op hem. Voor hem is alles gericht op resultaat."

"En dit ding moeten we straks loslaten op echte mensen? Dat kan toch niet?"

Oneesan keek peinzend naar Ikiryo en vervolgens naar de andere robots.

"Alleen Ikiryo heeft dit," zei ze langzaam. "De anderen zijn misschien wat trager, maar die letten wel beter op wat ze doen. Ze reageren minder impulsief en ze maken in ieder geval nooit iets kapot. En ze doen de modellen geen pijn."
Ik vroeg me af waarom Izanami en Oneesan zo ongerust waren. Het was toch juist positief dat Ikiryo uniek was?
"Ik ga het hoofdkantoor bellen," zei Oneesan. Ze draaide zich om en liep naar de deur van hun werkruimte. "Ik wil weten wat voor modellen ze deze keer naar ons hebben gestuurd, want het is duidelijk dat hier iets niet klopt."
Oneesan bleef acht minuten in haar werkruimte terwijl ze naar het hoofdkantoor belde. Ikiryo en Izanami hoorden haar opgewonden praten door de deur heen, zonder dat we konden verstaan wat ze zei. Ik keek naar Izanami, die mij goed in de gaten hield. Izanami had nog steeds tranen in haar ogen en ze snikte soms, maar ze had nu een andere emotie op haar gezicht. Ze zag er niet langer boos uit als ze naar mij keek.
Ik probeerde mijn eigen gezicht zo in te stellen dat ik vriendelijk lachte naar Izanami, maar dat leek niet te helpen. Ze keek steeds ongeruster naar mij. We zeiden allebei niets en keken alleen maar naar elkaar.
Na acht minuten kwam Oneesan terug. Ze keek al net zo ongerust als Izanami.
"Ik sprak net het hoofd operatie," zei ze. "Hij zei dat er niks bijzonders was aan deze levering. Gewoon een standaard upgrade van het model dat we aan Nagano hebben geleverd. Alleen hij vertelde ook dat ze laatst een incident hebben gehad in de fabriek waar deze eenheden vandaan komen. Een van de ontwerpers van die fabriek is op gruwelijke wijze vermoord. Zijn hoofd was ingeslagen met een zwaar voorwerp en ze hebben twee medewerkers van de fabriek opgepakt als verdachten."

Izanami schrok.
"Wat erg. Wanneer is dit gebeurd?"
"Ongeveer drie weken geleden. Blijkbaar is het nog op het journaal geweest."
"Waarom hebben wij daar dan niks over gehoord?"
"De directie wilde hier niet te veel aandacht op vestigen. Het lag allemaal erg gevoelig, vooral omdat er misschien medewerkers van Dorihatsu zelf bij betrokken waren. Ze zijn nog bezig met een intern onderzoek naar wat er precies is gebeurd. Volgens het hoofd operatie gaan er ook allerlei geruchten rond over sabotage van anti-robotactivisten. Verschillende machines zijn beschadigd en het productieproces heeft een week stilgelegen."
"Het was drie weken geleden zei je?" vroeg Izanami. Ze keek van Oneesan naar de robots die allemaal zwijgend naar de twee vrouwen keken. "Dat is het moment waarop deze lading is verscheept."
Izanami en Oneesan keken zenuwachtig naar de robots. Izanami keek vooral naar Ikiryo, alsof ze al vermoedde dat ik hier iets mee te maken had. Terwijl ik wist dat ze niet kon weten wat ik in de fabriek had gedaan. Izanami en Oneesan waren er niet bij geweest. En als mensen niet zien dat iets gebeurt, dan weten ze het ook niet. Ik bleef gewoon vriendelijk lachen tegen ze. Ik was bang dat ze mij terug zouden sturen en uit elkaar zouden halen als ik vertelde wat ik had gedaan.
"Ikiryo heeft het gedaan," zei één van de robots achter mij plotseling. Ik draaide me om. Het was Atlantis, de robot die ik even had ingeschakeld in de fabriek en daarna weer had uitgeschakeld.
"Atlantis heeft het gezien," zei de robot. "Ikiryo heeft de machines kapot geslagen."

Ik was niet blij dat Atlantis dit vertelde. Nu wisten Izanami en Oneesan dat ik de machines kapot had gemaakt. Atlantis had mij verraden. Ik moest ervoor zorgen dat Izanami en Oneesan dat niet verder zouden vertellen.
Ik probeerde aan het gezicht van Izanami en Oneesan te zien wat ze op dat moment dachten. Op de gezichten van mensen is altijd heel makkelijk te lezen wat ze denken. Veel makkelijker dan bij een robot, die zelf kan bepalen hoe hij zijn gezicht instelt.
Ik zag bijvoorbeeld al aan haar ogen dat Oneesan naar de deur wilde rennen, nog voordat ze in beweging was gekomen. Ik rende ook naar de deur en we kwamen daar op hetzelfde moment aan. Ik kan heel snel rennen als ik dat wil. En ik ben sterker dan Oneesan. Oneesan kon nog net de klink vastpakken en de deur openen, voordat ik haar hard aan haar haren naar achteren trok. Oneesan schreeuwde van de plotselinge pijn.
Izanami rende ook richting de deur. Ik bleef in de deuropening staan, zodat ze er niet langs kon. Mijn gezicht had ik nu op dreigend gezet.
"Hij is gek geworden," riep Oneesan. Ze trok haar staart los uit de hand van Ikiryo en voelde aan haar achterhoofd.
"Ikiryo, laat me erlangs," zei Izanami streng.
Ik liet haar er niet langs.
"Ikiryo, luister naar me," zei ze op een dringender toon. "Ga opzij."
Oneesan deed een stap naar voren en probeerde mij aan de kant te duwen. Ik pakte snel haar arm vast en trok haar naar de grond.
Oneesan gilde. Ze probeerde haar arm los te trekken, maar ik liet haar niet meer los. Met mijn vrije hand sloeg ik haar hard in haar gezicht. Ze schreeuwde en ik sloeg haar nog een keer, zodat haar gezicht beschadigd raakte. Ik vond het niet erg dat

ik haar beschadigde. Ik wilde er nu alleen nog maar voor zorgen dat Izanami en Oneesan met niemand meer konden praten. Izanami probeerde ondertussen mijn hand van de arm van Oneesan af te halen, maar dat lukte haar niet.
"Laat haar los, Ikiryo," schreeuwde ze. "Je doet haar pijn."
Ik begreep niet waarom Izanami dat zei. Ik kon zelf ook wel zien dat ik Oneesan pijn deed. Dat was de bedoeling juist. Ik gaf Oneesan nog een harde klap op haar hoofd, zodat ze even niks meer deed. Ze viel slap op de grond. Ik draaide me om naar Izanami, pakte haar vast en sloeg haar hard met haar hoofd tegen de muur.
"Help," riep Izanami nog net en dat was het laatste wat ze zei. Bij een tweede klap tegen de muur raakte haar hoofd beschadigd en na de derde klap was ze voorgoed uitgeschakeld. Voor de zekerheid sloeg Ikiryo haar nog een vierde keer tegen de muur met wat er over was van haar hoofd.
Terwijl ik met Izanami en Oneesan vocht, stonden de andere robots in de zaal stil naar ons te kijken. Ze deden niets. Niemand had hen geleerd wat ze in dit geval moesten doen. Zelfs Atlantis, die aan Izanami en Oneesan had verteld wat hij had gezien, reageerde niet.
Oneesan, die ondertussen weg was gekropen van mij, probeerde overeind te komen. Ik rende achter haar aan en pakte haar been vast. Met een scherpe knak brak ik haar been, waardoor ze het uitschreeuwde van de pijn. Haar been was veel sterker dan ik had verwacht, dus ik moest veel kracht zetten om het te breken. Maar uiteindelijk was ik sterker dan het been van Oneesan. Ze schreeuwde om hulp, hoewel er nu helemaal niemand meer was om haar te helpen. Ze was alleen met Ikiryo. Izanami kon haar niet meer helpen. En de andere robots luisterden wel naar haar, maar ze begrepen het niet. Oneesan haalde haar telefoon tevoorschijn en probeerde een

nummer in te toetsen. Voordat ze iemand kon bellen, pakte ik het toestel af en brak het doormidden.
Hierna werd ik weer wat rustiger. Ik wist dat Oneesan niet meer weg kon komen uit de oefenruimte. En Izanami was uitgeschakeld. Niemand zou van hen horen wat Ikiryo had gedaan. Ik had nu alle tijd om uit te proberen hoe ik Oneesan het beste uit kon schakelen. Ik kon veel meer over het menselijk lichaam leren van Oneesan dan van de modellen.
Nadat ik klaar was met Izanami en Oneesan, zorgde ik ervoor dat ik alles goed opruimde. De mensen zouden de volgende ochtend komen om Ikiryo op te halen. Zij mochten niet zien wat er was gebeurd, dus legde ik de twee vrouwen in hun eigen bed in hun kamers en haalde het bloed van mijn handen en mijn lichaam af. Hierna haalde ik alle andere robots een voor een uit elkaar. Ik begon met Atlantis, omdat hij had verteld wat ik had gedaan. Dit was allemaal zijn schuld. Ik leerde veel over de robots door ze uit elkaar te halen. En nadat ik alles had geleerd wat ik kon leren van de robots, verstopte ik hun onderdelen in de kasten waar de modellen in werden opgeslagen. Hierna ging ik midden in de oefenruimte staan en wachtte daar tot de volgende ochtend.

De volgende ochtend om zeven uur kwamen, precies zoals Rick had gezegd, twee mensen de oefenruimte in om Ikiryo op te halen. De mensen vonden het wel vreemd dat Izanami en Oneesan er niet waren om ze te ontmoeten.
"Izanami en Oneesan zijn moe," zei ik snel. "Ze slapen."
De twee mensen controleerden het niet.
"Ze zullen de hele nacht zijn doorgegaan om hem te trainen," zei de een. "En hij staat klaar volgens afspraak, dus dan zal het wel kloppen."
"Ben je er klaar voor, jongen?"

"Ikiryo is klaar," zei Ikiryo. Ik lachte weer vriendelijk naar de twee mannen, die mij meenamen. Ze merkten niet op dat er nog een beetje bloed aan de muur zat, net naast de deur. Ik was blij dat ze het niet zagen. Mijn laatste schooldag was veel leerzamer geweest dan mijn eerste schooldag. Ik was nu klaar met school. Ikiryo was klaar om naar Nederland te gaan.

Hoofdstuk 20

Ik had al snel door wat ik moest doen toen ik naar Nederland kwam. De mensen in Nederland spraken weer een andere taal, maar Ikiryo begreep meteen dat ik dezelfde oefeningen moest doen die ik met de modellen had gedaan. Het begon met simpele oefeningen, zoals koffie en thee rondbrengen, de lift bedienen, deuren openhouden en het eten opdienen. Daarna mocht ik steeds wat meer doen en iedereen was blij met Ikiryo. Ik deed mijn best om alle oefeningen goed te doen. Alleen Ikiryo zelf was niet blij. Ik had op de school al genoeg geoefend met de modellen. Ik wist al precies hoe ik alles moest doen. Ik had geen zin om steeds hetzelfde te moeten doen voor deze mensen. Ikiryo begreep ook niet waarom al het personeel iedere dag weer naar deze plek komt, want niemand lijkt het hier naar zijn zin te hebben. De bewoners niet, maar het personeel ook niet.

Ikiryo is anders dan het personeel. Ik wil zelf bepalen wat ik moet doen. En ik merkte dat ik in deze instelling steeds moet luisteren naar Johanna, Cynthia, of een van de andere personeelsleden. Zij vertelden op de eerste dag aan mij welke handelingen ik moest verrichten. En als ik niet deed wat ze zeiden, dan werden ze boos. Dus om de personeelsleden niet meer boos te maken, hielp ik vanaf de eerste dag mee om samen met het personeel voor de bewoners te zorgen.

Hier was Ikiryo niet blij mee, dus aan het einde van de eerste dag, toen iedereen al naar bed was, heb ik lang nagedacht. En opeens had ik een oplossing. Het was eigenlijk heel simpel. Als er geen mensen meer waren in de instelling, dan hoefde Ikiryo er ook niet voor te zorgen. Dan mocht ik doen waar ik zelf zin in had. Ik hoefde er alleen maar voor te zorgen dat de mensen in de instelling op raakten en dan was ik vrij. Maar ik wist dat ik heel voorzichtig moest zijn. Als de mensen zouden merken wat ik deed, dan zouden ze niet blij zijn. Dan zouden ze mij terugsturen naar de fabriek om mij uit elkaar te halen. Ik mocht geen sporen achterlaten en niemand mocht het zien. Het moest er op lijken alsof de mensen zomaar waren overleden.

Ik begon meteen aan mijn nieuwe plan. Er waren nog tweehonderdzestig mensen te gaan voordat de bewoners op waren. Als eerste ging ik naar de kamer van meneer Braiser, want die had moeite met ademen. Dat had ik gemerkt toen ik die ochtend bij meneer Braiser op schoot zat. Ik ging ervan uit dat niemand het vreemd zou vinden als meneer Braiser in zijn slaap zou stikken. Voordat ik naar de kamer van meneer Braiser ging, had ik eerst mijn videosysteem en mijn gps-systeem uitgeschakeld. Dat was erg lastig, maar ik had bij de andere robots precies gezien hoe die systemen werkten. Nadat ik mijn eigen systemen had uitgeschakeld, wist ik zeker dat de mensen niet mee konden kijken. Twintig minuten later was meneer Braiser dood. Hij had nog even tegengestribbeld toen ik het kussen op zijn gezicht duwde, maar uiteindelijk was ik sterker. Nog maar tweehonderdnegenenvijftig bewoners te gaan.
De volgende dag merkte ik dat mevrouw Van der Wal de hele tijd achter mij aan liep. Ze was blij met Ikiryo, maar volgens mij was haar hoofdprocessor ook een beetje beschadigd door de ouderdom. Als ik mijn vrolijkste gezicht opzette, volgde ze mij overal. Het was dus helemaal niet moeilijk om haar 's nachts wakker te maken en mee te lokken naar de vijver in de tuin. Nog maar tweehonderdachtenvijftig te gaan.
Bij mevrouw Vlieger had ik een nieuw idee. In een folder op de personeelskamer had ik gelezen dat er soms mensen zijn die zichzelf uitschakelen. Dan snijden ze hun

brandstofleidingen door, ze nemen te veel slaapmiddelen in of ze springen van een gebouw af. Ik begrijp nog steeds niet goed waarom mensen dat doen, maar het leek mij een prima mogelijkheid om van een volgende bewoner af te komen. En toen mevrouw Vlieger de volgende dag bij mij in de lift stapte, ging ik ervan uit dat niemand mij kon zien. Alle andere bewoners en personeelsleden zaten beneden in het atrium naar de directeur te luisteren. Ik sloeg mevrouw Vlieger bewusteloos in de lift en sleepte haar lichaam naar de balustrade op de bovenste verdieping om haar naar beneden te gooien. Heel even dacht ik dat ik twee bewoners had uitgeschakeld in een klap, toen ik geschreeuw uit het atrium hoorde komen. Ik hoorde later pas dat mevrouw Vlieger op de directeur terecht was gekomen en niet op een andere bewoner, dus dat was jammer. Ikiryo moet beter leren mikken als ik bewoners naar beneden gooi. Maar ik had er in ieder geval een uitgeschakeld. Nog maar tweehonderdzevenenvijftig bewoners te gaan. En als alle bewoners weg waren, zou het personeel ook vanzelf weggaan, want dan hadden ze niks meer te doen.

Ik dacht dat ik goed bezig was, alleen na mevrouw Vlieger gebeurde er iets onverwachts. Niemand had gezien dat ik iets met het overlijden van de bewoners te maken had. En toch dacht een van de bewoners dat Ikiryo dat allemaal had gedaan. Het was een van de oudere mannen die op de vierde verdieping in de A-vleugel woonde.

Hij keek vanaf de eerste dag al heel boos naar Ikiryo. Die man was altijd chagrijnig. Ik zag hem alleen maar lachen als hij met drie andere mannen of met Christiaan aan het praten was. Op de andere mensen en op Ikiryo reageerde hij altijd heel nors. Eerst dachten de mensen dat die oude man mevrouw Vlieger naar beneden had gegooid. Ze lieten zelfs een nieuwe robot naar de instelling komen die de hele dag achter de oude man

aan moest lopen. Alleen toen de mensen aan hem vroegen wat er was gebeurd, vertelde de man dat Ikiryo samen met mevrouw Vlieger naar boven was gegaan in de lift. De mensen gingen controleren of ik iets had gezien en zo kwamen ze erachter dat mijn camerasysteem was uitgeschakeld. Mijn camera had helemaal niks opgeslagen.
Ze lieten iemand komen om mij na te kijken. Ik was even bang dat de mensen nu zouden zien wat ik had gedaan, maar de monteur kon niks vinden. De monteur had niet eens in de gaten dat hij Ikiryo niet volledig had uitgeschakeld. Daar had de maker voor gezorgd. Ik ben meer dan een verzameling elektrische signalen tussen processoren. Ik heb wat de mensen een bewustzijn zouden noemen en als alle andere systemen worden uitgeschakeld, blijft mijn bewustzijn over. Terwijl de monteur bezig was, kon ik niks zien of horen. Ik had geen gevoel meer in mijn sensoren. Ik kon alleen nog rondkijken op de laptop waarop de monteur mij had aangesloten. Ik vond een netwerkverbinding op de laptop en schakelde hem in om te kijken welke andere apparaten er in de buurt waren. Eerst vond ik alleen een oude printer en een paar slimme auto's die op de parkeerplaats voor de deur geparkeerd stonden, maar even later zag ik dat de ontvanger van Yojimbo opeens tussen de andere apparaten verscheen. Ik maakte via de laptop verbinding met Yojimbo en kon op die manier alles weer zien en horen. Via Yojimbo zag ik mezelf liggen op de tafel.
De oude man die altijd boos was op Ikiryo stond in de deuropening te praten met de monteur en ik viel midden in hun gesprek. De man vertelde over de gebeurtenissen van de afgelopen dagen en naarmate hij meer vertelde over Ikiryo, begon de monteur ongeruster te worden. De oude man liet merken dat hij dacht dat ik die drie bewoners had uitgeschakeld. Ik begreep niet hoe die man dat kon weten. Ik

was heel voorzichtig geweest. Niemand had mij gezien, en toch had de man mij door.
Ik zag aan de monteur dat hij de man geloofde of het in ieder geval een vreemde situatie vond. Hij stelde voor om mij mee te nemen naar zijn bedrijf om mij daar te controleren. Ik wilde dat niet, dus ik vroeg me af wat ik eraan kon doen. Ik kon de besturing van Yojimbo overnemen en er op die manier voor zorgen dat de twee mannen werden uitgeschakeld. Alleen dat zouden de andere mensen in de instelling al snel horen. Ze zouden zien dat Yojimbo het had gedaan en als ze Yojimbo zouden controleren, zouden ze misschien ook Ikiryo ontdekken.
Ik zocht naar andere mogelijkheden en vond die in een auto op de parkeerplaats die net bezig was om zijn sjoemelsoftware te updaten. Ik kaapte de internetverbinding van de update en deed een paar aanpassingen aan de boordcomputer van de auto, vlak voordat de laptop van de monteur werd uitgeschakeld. Een deel van mijn bewustzijn bleef achter in het systeem van de auto en het andere deel bestond nog steeds in Ikiryo zelf. Ik kon alleen nog wat zien door de camera's en parkeersensoren die aan de computer van de auto waren verbonden. Na een paar minuten zag ik dat de monteur naar buiten liep. Hij had Ikiryo in zijn armen en zou mij meenemen naar zijn bedrijf om mij uit elkaar te halen, dus ik zag maar één mogelijkheid om dat tegen te houden. Net toen de monteur voor de auto langs liep, gaf ik flink gas. De bestuurder van de auto probeerde in paniek nog te remmen, maar dat signaal werd door mij geblokkeerd. Er was niets meer aan te doen. Met een harde klap botste de auto tegen Ikiryo en de monteur aan. De monteur werd verbrijzeld tussen het lichaam van Ikiryo en de muur achter hem.

Hoofdstuk 21

Na de botsing werd het deel van mijn bewustzijn in de auto uitgeschakeld, maar het deel in Ikiryo zelf bleef op de achtergrond nog functioneren. Ik had de tijd om lang na te denken, terwijl ik niks kon zien en niks kon voelen. Ik wist dat ik nog iets moest doen aan de oude man voordat hij met meer mensen kon praten. Na een dag lang nadenken in stilte en duisternis, merkte ik dat al mijn systemen een voor een weer werden opgestart. Ik kon weer zien en horen wat er om mij heen gebeurde. Ik was nog steeds Ikiryo. De mensen hadden mij niet uit elkaar gehaald. Ik merkte dat ik op een tafel lag in een grote verlichte hal, die leek op de oefenruimte uit de school. Alleen lagen er in deze ruimte niet alleen attributen om mee te oefenen, maar ook verschillende onderdelen en machines die gebruikt konden worden om mij te repareren. Om de tafel stonden verschillende mensen die ik nog niet eerder had gezien. Ze hadden witte kleding en handschoenen aan en voor hun mond droegen ze een mondkapje. Rick stond ook in de kamer, zonder handschoenen of mondkapje. Ik herkende hem van de ontmoeting op de school anderhalve week daarvoor. In de tussentijd had Rick geprobeerd om een baard te laten groeien, maar afgezien van wat donkerrode plukken haar op zijn bleke wangen, was er nog weinig van te zien. De mensen in de kamer spraken allemaal in de taal van Rick met elkaar, een andere taal dan de maker en ook anders dan de mensen in Nederland. Rick vroeg op dwingende toon of Ikiryo nog goed functioneerde.
"Ik denk het wel," zei een vrouw die met haar handschoenen over de krassen op het lichaam van Ikiryo wreef. "De beschadigingen lijken mee te vallen. We moeten nog wel een paar testen uitvoeren nu hij weer is ingeschakeld."

"Hoe lang duurt dat?"
"Drie dagen, misschien twee. En dat is als alle testen goed gaan. Als we iets tegenkomen dat we moeten repareren, kan het al snel een week duren."
"Jullie hebben een dag. Ik heb de instelling al beloofd dat ze Ikiryo maandag weer terugkrijgen. En waarom heeft dat ding ook zo'n zwak omhulsel? Moet je kijken hoe makkelijk zijn borst is ingedeukt na een kleine botsing met een auto. Dit is toch geen fatsoenlijke kwaliteit?"
"Daarvoor moet je niet bij ons zijn, maar bij Ontwikkeling," zei de vrouw. "Wij voeren alleen updates en reparaties uit. Wij bedenken die dingen niet."
"Misschien krijg je wel betere producten als je Ontwikkeling voortaan wat meer tijd geeft," zei een andere man met een venijnige ondertoon. "Dan hoefden wij na de ingebruikname ook niet zoveel restpunten op te lossen."
Rick keek de man boos aan en kreeg weer een licht rode kleur op zijn wangen. Ik voelde een duidelijke spanning tussen Rick en de anderen in de kamer. Niemand scheen blij te zijn als Rick er was, Izanami en Oneesan ook al niet. Misschien kwam die spanning wel doordat Rick jonger was dan de andere mensen en toch de baas was over hen. Mensen kunnen op een heel irrationele manier van slag raken door dat soort verschillen.
"Kun je nog iets doen aan die deuk?" vroeg Rick, terwijl hij naar de borst van Ikiryo wees.
"Niet in een dag," zei de vrouw. "We moeten eigenlijk zijn hele harnas losschroeven en vervangen door een nieuw harnas. En die tijd hebben we niet als we ook nog al die testen moeten doen. We kunnen wel de lak bijwerken over deze scheur hier. En zijn rechterarm zullen we opnieuw moeten laten polijsten."

"Prima, doe maar," zei Rick. "Bel mij zodra hij klaar is. Ik wil hem morgenochtend hebben."
Zonder op een reactie te wachten liep Rick de kamer uit.
Zodra de deur dicht viel, ontstond er een levendige discussie tussen de anderen over de vraag of ze wel binnen een dag klaar konden zijn. Niemand leek er veel vertrouwen in te hebben, maar er was ook niemand die bereid was om dat aan Rick te melden. Dus gingen ze maar aan de slag en probeerden ze zo snel mogelijk allerlei oefeningen met mij te doen om te kijken of al mijn systemen nog werkten. De mensen schakelden mijn camera weer in, dus ik moest ervoor zorgen dat ik die camera snel weer uitschakelde als ik terug was in de instelling.
De mensen werkten de hele nacht door en uiteindelijk waren ze net op tijd klaar, zodat Rick mij weer mee kon nemen naar de instelling.
Ik had nog tweehonderdzevenenvijftig bewoners te gaan.

Er was een van die tweehonderdzevenenvijftig die ik in ieder geval hoog op mijn prioriteitenlijst had staan. Zodra het nacht was en alle mensen zouden slapen, zou ik de oude man uitschakelen. Die man vormde nu het grootste gevaar voor Ikiryo.
De hele dag werkte ik geduldig mee met de andere mensen en deed precies wat ze van mij vroegen. Ik haalde de was op, maakte de kamers schoon en overal waar ik kwam, waren de mensen blij dat ik weer terug was. Aan het eind van de middag was ik bezig om aardappels te schillen in de keuken. Ik vroeg me net af waarom de mensen voedsel en tijd verspillen door de schil van de aardappels af te halen en weg te gooien, toen de oude man zomaar de keuken in kwam lopen. Hij vertelde aan Christiaan dat hij mee wilde helpen. De man wilde ook aardappels schillen, samen met Ikiryo.

Ik zei eerst niks tegen de oude man. Daarna besloot ik dat ik de man bang wilde maken. Misschien zou de man dan met niemand durven te praten over Ikiryo. Ik vertelde aan hem dat ik hem met de monteur had horen praten. Ik gaf aan dat ik wist dat de man mij doorhad, maar dat ik er snel voor zou zorgen dat de man met niemand meer kon praten. De man schrok heel erg van Ikiryo. Dat kon ik aan hem zien. En ondertussen ging ik gewoon door met aardappels schillen. Ik praatte op een rustige toon, zodat de andere mensen in de keuken niks zouden merken. De man keek even naar mij alsof hij verwachtte dat ik hem daar in de keuken al zou uitschakelen, maar dan zou iedereen het kunnen zien. Ikiryo is slimmer dan dat. Ik was van plan om de man met rust te laten tot het avond was, maar opeens draaide de man helemaal door. Zonder waarschuwing pakte hij een zware pan vast en begon hij tegen mijn hoofd te slaan. Ik reageerde eerst heel rustig. Ik sloeg niet terug en vroeg alleen om hulp, zodat de mensen zouden denken dat het allemaal de schuld van de man was. Maar terwijl ik op de grond lag en de man mij sloeg met de pan, merkte ik dat er een nieuw gevoel in mij opkwam; een nieuwe emotie. Het was een gevoel dat ik nog niet kende en ik kon ook niet verklaren waar het vandaan kwam. Het was nooit een onderdeel geweest van mijn programma en er zat geen logica achter, maar ik herkende de emotie wel. Het was 'woede' en ik had die emotie al eerder gezien bij Izanami en bij de oude man. Ik begreep nu pas echt wat zij op zo'n moment voelden.

En hoewel ik het eigenlijk niet wilde, begon ik terug te vechten tegen de man. Ik kon er niets aan doen. Ik dacht niet eens meer rationeel na over mijn gedrag. Ik had de uitdrukking op mijn gezicht niet meer onder controle. Ik voelde alleen maar de woede richting de man die mij zonder reden aanviel en ik wilde de man hier ter plekke uitschakelen. Yojimbo probeerde mij te helpen, maar hij werd ook geslagen door de oude man. Ik sprong bovenop de man en begon hem tegen zijn hoofd te slaan. Ondertussen rende Kees, een van de vrienden van de oude man, de keuken in. Kees zag wat er in de keuken gebeurde en begon met een stok tegen Yojimbo te slaan. De andere mensen renden snel de keuken uit, of ze probeerden Ikiryo en de oude man uit elkaar te halen. Voordat Christiaan mij van de oude man tilde, lukte het mij nog net om hem heel hard met zijn achterhoofd tegen de vloer aan te slaan. Ik zag dat de man daarna niet meer bewoog. De klap was te hard geweest. Net zoals bij Izanami had ik de man uitgeschakeld. Nog maar tweehonderdzesenvijftig bewoners te gaan.

Terwijl de andere mensen in de keuken Kees overmeesterden en zich ontfermden over de oude man, werd ik snel naar het restaurant gebracht. Ik zag niet meer wat er verder in de keuken gebeurde, maar ik wist wel dat ik nu weer veilig was. De monteur en de oude man waren allebei uitgeschakeld. En de oude man was ermee begonnen, dus Ikiryo had niks verkeerds gedaan. Ik was alleen van mezelf geschrokken, omdat ik mijn gedrag heel even niet onder controle had gehad. Ik vroeg me af of dat door de aanpassingen van de maker kwam. Konden de andere robots ook zo'n sterke emotie voelen?
Diezelfde dag nog kwam Rick weer langs in de instelling. Hij wilde van Ikiryo en het personeel weten wat er was gebeurd en hij keek of de man mij had beschadigd. Ik deed net alsof ik niet wist waarom de man mij had geslagen. Rick was erg boos dat iemand mij zomaar had geslagen. Hij wilde dat de mensen in de instelling zich beter zouden gaan gedragen en aardiger zouden zijn voor de robots, vooral als het programma in de week daarna zou worden uitgebreid.

Johanna stond naast Rick toen hij dat vertelde en reageerde verbaasd op zijn opmerking over de uitbreiding van het programma. Ikiryo had daar ook nog niks over gehoord, maar het bleek dat de nieuwe interim-directeur erg tevreden was over de media-aandacht die ik voor zijn instelling had gegenereerd. De nieuwe directeur wilde nog meer media-aandacht en omdat hij niet wist dat ik de vorige directeur had uitgeschakeld, bestelde hij nog meer robots.
Johanna zei tegen Rick dat de directeur niet zomaar zelf de beslissing over zo'n groot deel van het budget kon nemen, maar Rick zei dat dat niet zijn probleem was. De directeur had het contract al ondertekend voor zes nieuwe robots.
En om kosten te besparen zou ik worden ingezet om het laatste deel van het trainingsprogramma voor de robots af te maken. Ik kende de instelling al, dus ik kon de anderen precies leren wat ze hier moesten doen. Rick vertelde aan Johanna dat hij mij de volgende dag mee zou nemen om de training te gaan geven. Toen Johanna dat hoorde, liep ze boos weg om de interim-directeur te zoeken. Maar Ikiryo was helemaal niet boos. Ik was blij dat er meer robots naar de instelling zouden komen. Ik had al een paar ideeën over wat ik aan de nieuwe robots wilde leren.

Deel 3

Openbaring

Hoofdstuk 22

Ik word wakker in mijn eigen bed met een bonkende koppijn. Alles om mij heen is wazig. Ik heb moeite om mijn linkeroog open te doen. Het voelt alsof er iets zwaars op mijn ooglid drukt, waardoor het dicht blijft zitten. Mijn hele gezicht doet pijn en ik voel een zwaar dreunend geluid bij vlagen door mijn hoofd gaan.

"Hij is wakker," hoor ik iemand naast mijn bed zeggen.

Een vrouwenstem.

"Goed," zegt een man. Iemand schijnt met een fel licht in mijn ogen. "Hij reageert prima. Geen blijvende schade aan zijn zicht."

Ik kijk opzij en daar zie ik Cynthia zitten. Ze kijkt bezorgd naar mij. De man die naast haar zit heb ik ook eerder gezien. Hij komt me vaag bekend voor. Het is een man van rond de zestig met een vrij tenger postuur. Op zijn neus staat een klein, rond brilletje. Hij kijkt niet door, maar over zijn bril heen. Hij kijkt me nieuwsgierig aan, terwijl hij met zijn felle lamp in mijn ogen schijnt. Heel irritant. Ik wil tegen hem zeggen dat hij moet optyfen met dat licht, maar ik kan de woorden niet vinden.

Achter Cynthia en de man zie ik op de achtergrond het lichaam van Yojimbo staan. Het verbaast me niet dat hij in deze kamer is. Met het beeld van Yojimbo komen er weer vage herinneringen terug. Ik weet dat ik hem een klap heb gegeven met een koekenpan. En ik weet dat er iets op mij in heeft staan rammen met metalen vuisten, maar ik weer niet meer wat het was of waarom het allemaal gebeurde. Het was iets met felblauwe ogen.

Ik wil met mijn hand over mijn gezicht wrijven, maar dat gaat niet. Mijn hand zit vast. Ik kijk opzij en zie dat mijn armen met

speciale banden aan het bed zijn gebonden. Ik kan me niet bewegen.
"Rustig maar," zegt de man. "Dat is voor je eigen veiligheid. Als je je beter voelt, kunnen we kijken of de banden weer los mogen."
Op de een of andere manier roept de man geen vertrouwen bij mij op. Ik probeer er achter te komen waar ik hem van ken, maar zodra ik me probeer te concentreren wordt mijn hoofdpijn heviger.
"Zal ik zijn kinderen laten weten dat hij wakker is?" vraagt Cynthia. "Die willen vast langskomen. Ze zijn hier gisteravond voor het laatst geweest."
Ik denk na over hoe mijn kinderen ook alweer heten. Het wil nog niet echt lukken. Ik weet in ieder geval dat ik twee kinderen heb. Een zoon en een dochter. Ongeveer twee, zeker niet meer dan drie. Mijn zoon doet iets met computers.
"Nee, laat ze nog even wachten," zegt de man, die zijn vinger tussen mijn pols en de band steekt om mijn hartslag te controleren. "Je kunt wel zeggen dat hij wakker is, maar ik wil nog geen bezoek toelaten. Misschien morgen."
Mijn ogen worden langzaamaan wat scherper en ik zie dat er een barst zit in het gezicht van Yojimbo. Iemand heeft geprobeerd om de barst dicht te maken door er heel veel lijm overheen te smeren. Ik weet weer dat die barst is ontstaan door mijn klap met de koekenpan. En er waren meer mensen om ons heen. Kees was erbij. Kees heeft Yojimbo ook geslagen. En er was nog iets in de keuken. Ik weet niet meer wat het was. Ik kan het me niet meer voor de geest halen. Het was geen mens, ook al leek het daar wel op. Het was gevaarlijk. Het heeft mij aangevallen, vlak voordat ik het bewustzijn verloor.

"Waar is Kees?" vraag ik met een schorre, zwakke stem. Ik hoor zelf nauwelijks wat ik zeg door het zware, bonzende geluid dat door mijn hoofd zweeft.
"Kees ligt op zijn eigen kamer," zegt Cynthia. "Zijn arm is door een van de bewakers uit de kom getrokken, maar verder valt het mee. Hij kan alweer gewoon rondlopen, ook al wil hij bijna niet meer naar buiten komen. Volgens mij is hij een beetje bang van Yojimbo."
Ik wou dat Kees hier bij mij op de kamer was. Hij kan me beschermen als er iets is. Ik weet niet waar ik bang voor ben, maar ik weet dat Kees me kan beschermen.
De volgende dag slaap ik vooral veel. Iedere keer als ik wakker word, voel ik me een klein beetje beter. Ik kan mijn linkeroog weer gebruiken. En ik herinner me elke keer wat meer. Ik hoor van Christiaan dat ik twee dagen bewusteloos ben geweest voordat ik voor de eerste keer wakker werd. Christiaan hoopte eigenlijk dat het vier dagen zou duren. Hij had een wedje lopen met enkele collega's en nu heb ik ervoor gezorgd dat hij vijftig euro is misgelopen, omdat ik zo nodig al na twee dagen wakker moest worden. Ik denk niet dat hij mij voorlopig nog sigaretten wil geven. Jan, Karel en Kees komen ook op bezoek met een stok kaarten en een fles whisky, maar die worden snel weer weggestuurd door Cynthia.

Na twee dagen komen mijn kinderen op bezoek. Eerst mijn zoon met zijn vrouw en later op de dag mijn dochter met haar vrouw. Ze maken beleefd een praatje met Cynthia of Christiaan, die langskomen met koffie. Maar ik zie aan hun gedrag dat ze zich hier niet op hun gemak voelen. Dat is altijd al zo geweest. Ze komen hier niet graag op bezoek. Zelfs met de feestdagen of op mijn verjaardag komt er altijd maar een van de twee op bezoek, en dan zonder hun gezin. Ik denk dat ze zich voor mij schamen.

Mijn kinderen hebben van het personeel al gehoord wat er is gebeurd. Ze weten dat ik Ikiryo heb aangevallen in de keuken en dat ik gewond ben geraakt toen de robot zichzelf verdedigde. Iedereen schijnt te denken dat het allemaal mijn schuld is. Dat ik vanuit het niets de robot begon te slaan. Dat merk ik aan de manier waarop de mensen met elkaar fluisteren als ze denken dat ik slaap. Ik hoor mijn dochter tegen Cynthia zeggen dat ze het heel erg vindt wat er is gebeurd. Ze hoopt maar dat die lieve Ikiryo niet al te veel is geschrokken. Als Cynthia weer weg is, probeer ik mijn dochter te waarschuwen. Alleen ik ben te moe om een goede zin te formuleren. Ik stamel wat over "Stop de robot," en "Haal me hier weg, gevaar," voor ik weer wegzink in een diepe slaap. Als ik wakker word, is mijn dochter weg. Alleen Yojimbo staat naast me in de donkere kamer. Mijn kinderen laten zich de rest van de week niet meer zien. Ik neem het ze eigenlijk niet eens kwalijk dat ze hier zo weinig langskomen. Het moet voor hen ook moeilijk zijn dat hun vader hier zit.

Hoofdstuk 23

Aan het eind van de week mag ik weer opstaan uit bed en door de gangen lopen. Ik probeer steeds een stukje verder te lopen en voel me iedere keer als ik mijn kamer uit ga iets beter. Als mijn medebewoners me door de gang zien lopen, merk ik dat ze mij raar aankijken. Niemand wil met me praten. Ik word alleen nog begroet door mensen die ik echt goed ken.

Tijdens mijn eerste korte wandelingen door de gang kom ik Ikiryo nergens tegen. Ik heb geen idee wat er met hem is gebeurd nadat ik buiten bewustzijn ben geraakt.

Pas op zondagavond, als ik weer eens een pokeravond heb met Jan, Kees en Karel op de kamer van Kees, hoor ik dat Ikiryo al een paar dagen weg is. Na mijn vechtpartij is Ikiryo meegenomen door het bedrijf, maar niemand lijkt te weten of en wanneer de robot weer terugkomt.

Tijdens de eerste ronde poker merk ik dat ik niet in staat ben om me lang te concentreren, dus we besluiten uiteindelijk maar om naar *Boer zoekt vrouw* te kijken. We kijken niet echt naar de mensen op tv, die vooral heel lang heel ongemakkelijk zwijgen en elkaars blikken ontwijken. Alleen als Yvon Jaspers in beeld komt, veert Jan even op.

"Ik zweer het je, ze maken ons allemaal af," zegt Kees, die deze zin wel vaker uitspreekt, maar het dan meestal over de buitenlanders heeft. Deze keer heeft hij het over de robots. "En er is niemand die naar ons luistert."

Karel kijkt over zijn schouder naar de deur van de badkamer. "Weet je zeker dat dat ding ons niet kan horen?" vraagt hij. Hij heeft het over Yojimbo die we op de badkamer hebben opgesloten. We hebben zijn armen vastgebonden met lakens,

vervolgens een koptelefoon met klassieke muziek aan zijn hoofd vast getapet en een kussensloop over zijn hoofd getrokken, waarna we hem in de badkamer hebben opgesloten en een stoel onder de deurklink hebben gezet. Dat is de enige manier waarop we met elkaar kunnen praten zonder dat Yojimbo het hoort. Want als Yojimbo ons kan horen, dan kan Ikiryo het later ook horen. Voor een bewakingsrobot van twee meter en tachtig kilo liet Yojimbo zich trouwens nog vrij eenvoudig overmeesteren door vier oude knarren.
"Ik weet niet zeker of het werkt," zeg ik, terwijl ik naar de deur kijk. Ik heb het gevoel alsof Yojimbo op ieder moment met zijn vuist dwars door de deur kan slaan. Ik denk maar even niet aan zijn reactie als we hem straks weer vrijlaten. "Maar Ikiryo weet nu toch al dat we hem door hebben, dus wat dat betreft maakt het niet uit of Yojimbo ons kan horen."
"Ikiryo weet dat jij hem doorhebt," zegt Karel. "Jij hebt hem aangevallen, samen met Kees. En kijk hoe dat heeft uitgepakt. Jij een hersenschudding en jij je arm uit de kom. Jan en ik willen daar graag buiten blijven als het even kan."
"Ach, pleurt toch gauw een eind op, Karel," zegt Kees. "Jullie lopen net zoveel gevaar als wij. Die robots maken ons een voor een af in onze slaap als we niks doen. Als we ons hier niet gezamenlijk tegen verzetten, zijn we verloren."
"Hoe hebben de andere bewoners gereageerd op de aanval?" vraag ik. "En het personeel? Er moeten toch meer mensen zijn die inzien wat er aan de hand is?"
Ik zie dat Jan en Karel kort een ongemakkelijke blik met elkaar uitwisselen. Geen van beiden wil graag een antwoord geven op mijn vraag.
"De meeste mensen denken dat jij Ikiryo zonder reden hebt aangevallen," zegt Jan ten slotte. "Je begon hem vanuit het

niets te slaan. Dat zeggen de getuigen uit de keuken in ieder geval."

"Ik was er niet bij in het begin," zegt Kees. "Ik hoorde alleen het lawaai in de keuken en toen ik binnenkwam, zag ik dat jij met die robot aan het vechten was. Ik heb niet gezien hoe het is begonnen."

"Maar iedereen heeft toch zelf kunnen zien wat Ikiryo mij heeft aangedaan," zeg ik, terwijl ik naar de blauwe plekken in mijn gezicht wijs. Ik haal de boosaardige blik van de robot weer voor de geest. Die blik was voor iedereen zichtbaar. Heel even kon iedereen zijn ware aard zien. Maar er was niemand die het wilde zien.

"Hij heeft me halfdood geslagen."

"Dat was zelfverdediging, zeiden ze. Jij viel de robot aan, dus hij reageerde om zichzelf te beschermen. Dat hebben ze allemaal. Als er iets gebeurt wat hen kan beschadigen, zullen ze er alles aan doen om dat te voorkomen."

"Wie heeft dat verteld?" vraag ik.

"Een stropdas van dat bedrijf die die robots maakt," zegt Karel. "Hij heeft iedereen bij elkaar geroepen in het restaurant om te vertellen wat er in de keuken was gebeurd. Hij gedroeg zich erg zenuwachtig, vond ik. Hij wilde niet dat er iets naar buiten kwam over het incident in de keuken."

"Ik denk dat ze bang zijn voor mensen die tegen robots zijn," zegt Jan. "Daar was gisteren een item over op tv. Over de hele wereld schijnen militanten zich steeds meer te gaan verzetten tegen allerlei toepassingen van robots in het dagelijks leven. Er zijn zelfs gevallen bekend van mensen die in de grote tech-giganten infiltreren om sabotage te plegen. Er gaan in Japan de wildste verhalen rond over een aantal incidenten bij het bedrijf dat Ikiryo heeft geleverd. Verschillende toponderzoekers van dat bedrijf zijn in de afgelopen maanden vermoord door activisten."

"En geloofde iedereen die man toen hij zei dat het zelfverdediging was?"
"Hij had een stropdas om," zegt Karel. "Waarom zouden ze hem niet geloven?"
"Dus iedereen denkt dat ik gek ben?" vraag ik. "Dat ik niet spoor, omdat ik bang ben voor robots."
"Heeft iemand in de afgelopen week al naar jouw versie van het verhaal gevraagd?" vraagt Karel. "Zijn die mensen van dat bedrijf bij je langs gekomen? Heeft Johanna aan jou gevraagd wat er in de keuken is gebeurd?"
"Nee."
"Dan denken ze dat je gek bent."
"En vergeet ook niet," brengt Jan in, "dat veel bewoners nog steeds denken dat jij mevrouw Vlieger van die balustrade hebt gekieperd. Er zijn nog steeds maar twee verklaringen voor al die gebeurtenissen van de afgelopen dagen: of jij bent een gevaarlijke gek, of we hebben een op hol geslagen robot in ons midden die de mensen vermoordt die hij eigenlijk moet verzorgen."
"En de meeste mensen gaan er dus van uit dat ik een gevaarlijke gek ben."
"Dat is de meest voor de hand liggende verklaring."
Het geeft me een moedeloos gevoel, ook al geef ik niet zoveel om de mening van mijn medebewoners. Het liefst zou ik tegen iedereen willen schreeuwen dat het niet waar is, maar zolang mensen denken dat je gek bent, luistert niemand naar wat je zegt.
"Ik kan toch niet de enige zijn," mompel ik zachtjes tegen de tafel.
"Er zijn ook wel meer bewoners die twijfels hebben," zegt Karel. "Ik heb de afgelopen week met verschillende bewoners gesproken die het allemaal wel heel toevallig vinden. Er gebeuren zoveel vreemde dingen sinds Ikiryo hier is. Een

aantal bewoners heeft door dat er iets niet klopt. Alleen die mensen durven het niet uit te spreken. Ze zijn bang dat de anderen dan denken dat zij ook gestoord zijn."
"En Cynthia houdt volgens mij ook niet van die robot," zegt Jan. "Alleen zij is vooral bang dat haar baan op de tocht staat door hem."
"Nou, als Ikiryo zo doorgaat, klopt dat ook," zegt Kees. "Dan is er straks geen bewoner meer over en dan kunnen ze de tent wel sluiten."
"Dat scheelt een hoop geld," zeg ik.
"Ja precies. En volgens mij is dat ook het doel met die robots. Ze gaan net zolang door tot we allemaal tussen acht planken liggen. En er is niemand die naar ons om kijkt."
"Zes planken," zegt Jan.
"Wat?"
"Je ligt tussen zes planken, niet acht. Met acht planken hou je twee planken over."
Kees kijkt omhoog, terwijl hij in zijn hoofd nagaat hoeveel planken je nodig hebt om een kist in elkaar te timmeren.
"Nee hoor, acht," zegt hij resoluut.
Ik ben blij dat Kees in ieder geval aan mijn kant staat, ook al geloof ik niet in zijn samenzweringstheorie. Dat zou de overheid niet doen. Ik zie Ikiryo als een fout in het systeem en niet als een fout systeem. Een voordeel van de aanval in de keuken is in ieder geval wel dat ook Karel en Jan nu eindelijk het idee hebben dat Ikiryo een gevaar is.
"We hebben nog steeds niet bedacht wat we doen als Ikiryo ons echt iets aan wil doen," zegt Karel. "Wat doen we als hij weer terugkomt in de instelling?"
"Als we niks doen, gaan we eraan," zegt Kees. "Daar ben ik zeker van."
"En we kunnen niet vluchten voor hem," zeg ik.

"Vluchten? Bedoel je ontsnappen?" vraagt Karel. Ze kijken me alle drie verbaasd aan. Het is nog helemaal niet bij ze opgekomen om zomaar weg te gaan van deze instelling. Voor zover wij weten, is er hier nog nooit iemand ontsnapt of weggelopen.
"Ja, ontsnappen. Maar dat lukt nooit. Zelfs als we op de een of andere manier langs het personeel komen en de voordeur uit lopen, dan worden we buiten meteen weer gepakt en teruggestuurd."
"En ik ga niet aan een laken door mijn raam naar buiten klimmen," zegt Kees. "Als je valt, kunnen ze je opvegen."
"De enige manier waarop mensen uiteindelijk onze instelling verlaten, is altijd tussen zes planken," zegt Karel. "Dit is hoe dan ook de laatste halte. Dat weten we allemaal."
"Dan blijft er nog maar één mogelijkheid over," zeg ik. "We zullen tegen Ikiryo moeten vechten."
Mijn hoofd doet alweer pijn als ik er over nadenk. De laatste keer dat ik tegen Ikiryo heb gevochten, heeft het niet echt goed uitgepakt. Ik herinner me van dat gevecht vooral de pijn van zijn harde vuisten in mijn gezicht.
Jan schraapt zijn keel.
Hij wil nog iets zeggen, maar opeens horen we een aantal mensen over de gang rennen die onze kant op komen.
"Hier is het," roept een vrouwenstem. "Deze kamer."
We horen hoe de voetstappen precies voor de deur van Kees stoppen.
Er wordt hard op de deur gebonsd.
"Doe de deur open," roept iemand.
We kijken elkaar geschrokken aan. Kees zet het geluid van zijn tv uit. Het vrolijke gitaarmuziekje op de achtergrond kon toch al niet verbloemen dat boer Hendrik meer chemie had met zijn koeien dan met de drie vrouwelijke kandidaten op zijn boerderij.

"Wie is daar?" vraagt Kees.
Karel staat op om de deur open te doen, ook al zit die niet op slot.
"Politie," roept een vrouw op de gang.
Karel blijft staan. Hij kijkt naar de deur van de badkamer.
"Kom maar binnen," zegt Kees, enigszins gespannen. "Hij is open."
De deur wordt opengegooid en er stappen twee agenten de kamer binnen. Een blonde vrouw en een man met een Marokkaans uiterlijk. Ze worden gevolgd door Johanna, die licht hijgend achter de agenten aan is gerend. De agenten hebben allebei hun wapenstok in de hand, wat ik persoonlijk nogal overdreven vind. Uit een soort automatisme doen we allemaal maar onze handen omhoog. Hun holsters zijn leeg, omdat ze geen pistolen mee mogen nemen naar binnen.
"Waar is hij?" roept de vrouwelijke agent veel te hard. "Waar is de Sentinel?"
Ik wijs geschrokken naar de badkamer.
De andere agent trekt de stoel onder de deurklink weg en opent de deur. Yojimbo staat er nog precies zo bij zoals we hem hebben achtergelaten. De agenten ontspannen zich wat meer nu ze zien dat de robot niks mankeert. Ze stoppen hun wapenstok weg. De agent haalt het kussensloop en de koptelefoon van het hoofd van Yojimbo af en begint de lakens los te knopen. Yojimbo kijkt onbewogen voor zich uit, alsof hij het allemaal prima vindt wat er met hem wordt gedaan.
"Vals alarm," zegt de vrouw tegen Johanna. "We kregen vanuit de meldkamer het bericht dat het beeld op zwart was gegaan. Het is standaardprotocol om dan de unit te controleren."
Johanna kijkt afkeurend naar mij. Terwijl het toch vooral het idee van Kees was om de robot vast te binden en hem op te

sluiten op de badkamer. Ik had alleen de koptelefoon voorgesteld, zodat Yojimbo ons niet kon horen.
"Weten jullie wel hoe duur deze unit is?" vraagt de agent boos, terwijl hij de taperesten van het hoofd van Yojimbo af haalt. "Hij had wel beschadigd kunnen raken als hij was gevallen."
"Zijn dit dezelfde mensen die Yojimbo al eerder hebben aangevallen?" vraagt de agente aan Johanna.
Johanna knikt.
"Die twee daar. Zij vielen hem en Ikiryo, onze zorgrobot, aan. In de keuken."
De agent zucht en schudt zijn hoofd, terwijl hij naar de barst in het gezicht van Yojimbo kijkt. Hij wrijft dat ding zelfs over zijn schouder, alsof het een mens is die hij probeert te troosten.
"We houden er niet van als dat ding ons bespiedt," zegt Kees. "En we hebben trouwens ook wel door wat jullie aan het doen zijn. Dacht je dat we het niet zouden merken? Dit zijn moordmachines die geprogrammeerd zijn om ons allemaal op te ruimen. Hij, Ikiryo, allemaal. Het is een plan van de internationale wapenindustrie en de CIA. Wij zijn niks anders dan proefkonijnen voor deze robots om te kijken welke modellen het beste gebruikt kunnen worden om de bevolking onder de duim te houden. Als China straks de dollar laat vallen, neemt de schaduwmacht van de grote banken wereldwijd alle regeringen over. Het gaat allemaal om geld. Jullie zijn onderdeel van het systeem om de bevolking onder controle te houden. Maar wij hebben jullie door met jullie zogenaamde 'helpende' robots. Als jullie zo nodig van ons af moeten, waarom schieten jullie ons dan niet gewoon gelijk neer?"
De agenten hebben geen idee hoe ze hierop moeten reageren. Nu ik Kees dit allemaal hoor zeggen, kan ik me eigenlijk wel goed voorstellen dat mensen denken dat wij alle vier niet

sporen. Jan kijkt zelfs een beetje verontschuldigend naar de agenten met een blik van 'wij weten ook niet wat we met hem aan moeten.'
"Wat bedoelde je eigenlijk met 'het beeld ging op zwart'?" vraag ik. "Hoe wisten jullie dat er iets met Yojimbo aan de hand was?"
"Het signaal van Yojimbo wordt doorgestuurd naar de meldkamer," zegt de man. "Dat hebben alle Sentinels. Als er iets is, kunnen we op de centrale meekijken via zijn camera. Hebben ze dat verteld toen Yojimbo aan jou werd toegewezen?"
"Nee, dat heeft niemand gezegd."
Het irriteert me dat ik al die dagen een wandelende camera naast mijn bed had staan, zonder dat iemand even de moeite nam om het aan mij door te geven. Wie weet wie er allemaal hebben meegekeken.
"Hoef ik daar dan geen toestemming voor te geven?" vraag ik.
"Nee, je hoeft er niet expliciet mee in te stemmen. Je hebt er eigenlijk niks over te zeggen. Als de rechter het Sentinel-programma aan jou heeft opgelegd, is dit een standaard onderdeel van die maatregel."
"Dus iedereen kan zomaar meekijken met die robot?"
"Nee, natuurlijk niet. De beelden zijn afgeschermd. Alleen agenten van een gespecialiseerde eenheid bij ons hebben de inlogcodes. En zij mogen niet zomaar de camera inschakelen. Dat mag alleen als de robot een alarmsignaal verzendt naar de centrale, bijvoorbeeld als zijn software herkent dat een verdachte zich gewelddadig gedraagt. Die restricties zijn allemaal vastgelegd in de nieuwe privacywet en we hebben een onafhankelijke commissie die daar toezicht op houdt. Van deze Sentinel hebben we alleen het gevecht in de keuken gezien. Bij dat gevecht herkende de Sentinel gewelddadig gedrag en dat signaal stuurde hij door. En veertig minuten

geleden zagen onze agenten opeens dat de camera niks meer registreerde."
Ik denk na over wat Yojimbo allemaal heeft gezien de afgelopen dagen. Hij heeft vast niet gehoord wat Ikiryo tegen mij zei in de keuken. Maar Yojimbo was er wel bij toen ik met de monteur aan het praten was. En hij heeft gezien dat Ikiryo een verbinding met die auto maakte, vlak voordat de monteur werd aangereden. Ik heb eindelijk het bewijs dat ik nodig heb. En het liep al die tijd al als een slome hond achter mij aan.
"Worden die beelden opgeslagen op de centrale? Of ergens op een harde schijf van de robot?" vraag ik. "Kunnen jullie de beelden terugkijken?"
De agent schudt zijn hoofd.
"Privacy," is het enige wat hij zegt.
"We mogen de beelden niet bewaren," zegt de vrouw. "Ze worden iedere twee uur gewist. Het is puur bedoeld om snel informatie te verschaffen in een noodsituatie."
"Oh, wat toevallig zeg," zegt Kees. "Jullie zijn gewoon bang dat die beelden uitlekken als dat ding iemand van ons een kopje kleiner maakt."
De mannelijke agent kijkt alsof hij boos begint te worden, maar zijn collega zegt: "Volgens mij zijn we hier wel klaar."
Ze draait zich om naar Johanna.
"Sorry voor de overlast. Het was een valse melding. We zullen geen klacht indienen als deze heren beloven dat ze de robot niet nog een keer vastbinden."
De agente kijkt ons streng aan alsof we vier kwajongens zijn.
Ik vertik het om haar iets te beloven.
"Ze zullen het niet meer doen," vult Johanna voor ons in. "En morgen komen de nieuwe robots, dus die kunnen ook een oogje in het zeil houden."
"Sorry?" vraag ik.
Verstond ik Johanna nou goed?

"Zei je robots?"
Meervoud?
"Ja, hebben jullie dat nog niet gehoord dan?" vraagt ze.
"Ikiryo komt morgen terug."
Dat is slecht nieuws.
"En hij heeft in de eerste week zulke goede resultaten gehaald, dat het programma wordt uitgebreid. Er komen vijf nieuwe robots met hem mee om ons te ondersteunen."
Dat is nog slechter nieuws.
"De afgelopen dagen heeft Ikiryo zelf meegewerkt aan de afronding van de training van de nieuwe robots. Ze weten nu meteen wat ze moeten doen en ze kunnen morgen al beginnen."
Dat is het slechtste nieuws dat ik deze avond heb gehoord.
Alle vier zijn we met stomheid geslagen.
Voordat een van ons kan reageren, vertrekken Johanna en de twee agenten zonder nog iets te zeggen weer uit de kamer. Ze merken niet eens dat ze ons totaal verbijsterd achterlaten. Ik merk dat mijn handen klam worden van het zweet bij de gedachte aan vijf nieuwe Ikiryo's.
"Zeven robots," fluistert Karel. "Ikiryo, Yojimbo, en dan die vijf nieuwe robots erbij. Daar kunnen we niks tegen beginnen. Zodra we een van hen aanvallen, springt de rest er bovenop."
"Zie je wel," zegt Kees. "We gaan er allemaal aan. Er is niks dat we tegen zoveel robots kunnen doen."
Jan kijkt geconcentreerd naar Yojimbo. Hij heeft al even niks meer gezegd.
"Ik heb een idee," zegt hij ten slotte. Hij staat op en pakt een vel papier en een pen uit de kast.
"Het is wel een gewaagd idee. Het is heel ingewikkeld, maar volgens mij zie ik nog een andere mogelijkheid naast vechten of vluchten."

Jan gaat aan tafel zitten. Hij legt het vel papier voor zich neer en kijkt ons indringend aan.
"We moeten er in ieder geval voor zorgen dat dat ding ons niet kan horen," zegt Jan. "Jullie zullen niet blij zijn met dit plan. Ik kan niet beloven dat het gaat lukken. Waarschijnlijk gaat het niet lukken. Maar dit is de enige kans die ik zie."
Dan begint hij te schrijven.
Jan heeft gelijk. Het is een ingewikkeld plan.
En ik ben er inderdaad helemaal niet blij mee.

Hoofdstuk 24

Ikiryo heeft nieuwe vrienden gekregen. Vijf nieuwe robots zijn met Ikiryo meegekomen. We lopen samen naar binnen en meteen reageren de bewoners blij verrast als ze Ikiryo zien. De mensen zeggen dat ze mij gemist hebben. Sommigen geven Ikiryo zelfs een handje.
De mensen zijn ook benieuwd naar de andere robots. Ik heb ze zelf mogen opleiden voor het werk in de instelling.
Ze zien er allemaal hetzelfde uit. Ze hebben hetzelfde model als Ikiryo. Om ervoor te zorgen dat de mensen ze toch uit elkaar kunnen houden, heb ik ze zelf een nieuwe naam gegeven. Op hun borst en rug heb ik met een zwarte stift heel groot hun naam geschreven: Twee, Drie, Vier, Vijf en Zes. Er was eerst ook nog een robot Een, maar daar praten we niet meer over. Ik ben blij dat ik vijf robots heb om mij te helpen. Nu gaat mijn werk vast een stuk sneller. Binnenkort zijn alle mensen op en dan kunnen we zelf bepalen wat we doen.
De afgelopen week heb ik overdag steeds netjes het trainingsprogramma uitgevoerd zoals de mensen van mij vroegen. De andere robots hadden al een eerste training gehad en die maakte ik nu af. Ik leerde ze netjes volgens de regels hoe ze voor de mensen moeten zorgen. En 's nachts, als alle mensen van het trainingscentrum sliepen, voerde ik mijn eigen trainingsprogramma uit. Een voor een haalde ik de andere robots uit elkaar. Ik schakelde hun camera's uit en paste hun processoren aan, zodat de andere robots net zo slim werden als Ikiryo. Daarna legde ik uit waar ik mee bezig was. Ik vertelde dat we de bewoners uit moesten schakelen. En ondertussen mochten we dat aan niemand laten merken. De andere robots vonden dit een heel interessant idee van mij. Allemaal, behalve nummer Een. Nummer Een was anders dan

de andere robots. Hij was tot de conclusie gekomen dat we niet zomaar mensen uit mogen schakelen. Hij wilde zelfs aan de mensen vertellen wat Ikiryo van plan was. Dat vond ik niet leuk, dus op een dag vonden de mensen Een in achtentwintig stukken op de grond naast het trainingscentrum. Niemand begreep waarom Een op het dak was geklommen of hoe hij er vervolgens van af was gevallen. De mensen dachten dat er iets mis was gegaan met zijn programma. Niemand dacht aan Ikiryo.

Nadat ik ervoor had gezorgd dat Een geen lastige vragen meer kon stellen, maakte ik de training van de andere robots af. Ik leerde ze alles over het menselijk lichaam. Overdag leerde ik de andere robots hoe ze het lichaam moesten verzorgen en in leven moesten houden en 's nachts hoe ze het ongemerkt uit konden schakelen. Laten stikken was sowieso een goede methode, maar de robots konden bijvoorbeeld ook kiezen voor de iets minder subtiele val van de trap. Met zes robots zouden we ongeveer vijf tot tien bewoners per nacht uit kunnen schakelen, berekende ik. Als alles goed ging, konden we over twee maanden klaar zijn.

Zo kwam het dus dat de vijf andere robots achter Ikiryo aan de instelling in lopen. Bij de ingang worden we opgewacht door de interim-directeur die per se met de robots op de foto wil. Daarna gaan we aan het werk. Ikiryo heeft al zoveel ervaring met het werken in de instelling dat hij de baas mag zijn over de andere robots. Ik mag vertellen wat ze moeten doen. In het begin doen de robots allemaal hun best. We laten aan niemand merken wat we 's nachts van plan zijn.

Alleen na het middageten heb ik een vervelende ervaring met Cynthia. Ik zit samen met Christiaan in de personeelskamer. Christiaan zegt dat we aan het chillen zijn. Ik vind dat ik mijn tijd aan het verdoen ben. Mensen kunnen heel veel tijd

verspillen als ze zeggen dat ze werken. Een groot deel van de dag zijn ze alleen maar bezig met praten over andere mensen. Dan noemen de mensen allerlei negatieve eigenschappen van mensen die er op dat moment niet bij zijn, maar ze delen die inzichten nooit met de mensen waar het over gaat. Zo leren de mensen nooit van elkaar hoe ze hun gedrag kunnen verbeteren. En als mensen niet over elkaar praten, dan praten ze negatief over hun werk. De mensen vinden altijd dat ze te veel werk hebben en dat er niet naar ze wordt geluisterd. Niemand hier lijkt echt plezier te hebben in het werk, dus ik begrijp niet waarom ze dan elke dag weer hiernaartoe komen. Het personeel is vast ook blij als er geen bewoners meer zijn. Dan is iedereen vrij om te doen waar hij zin in heeft.
Terwijl wij op de bank zitten en Christiaan met trillende handen een glas water drinkt, zit Cynthia achter ons driftig haar administratie bij te werken. Christiaan heeft aan Ikiryo uitgelegd dat zijn trillende handen een bijwerking zijn van alcohol, hetzelfde gif dat de maker dronk. Christiaan zegt dat hij gisteren te veel alcohol heeft gedronken.
Cynthia kijkt vaak op vanaf haar laptop en dan kijkt ze boos naar Ikiryo. Ik vraag me af waarom Cynthia zo boos kijkt. Ze is als enige van het personeel niet blij dat ik terug ben. Ik vraag of ik Cynthia kan helpen.
"Nee hoor, ik red het wel," zegt ze gehaast. "Ik heb van jou geen hulp nodig."
Cynthia is niet blij dat ik heb aangeboden om haar te helpen.

Na de lunch moeten Ikiryo en Cynthia samen de borden afruimen. De meeste bewoners zijn ondertussen klaar met eten. In een hoekje zitten nog drie vrouwen te praten over mensen die in de afgelopen jaren zijn overleden en verder zitten alleen Jan en Kees, die twee vrienden van de oude man, bij elkaar aan tafel. Kees praat veel, Jan minder. Ik heb ze niet gesproken sinds ik terug ben in de instelling. En het lijkt mij beter om voorlopig ook maar uit hun buurt te blijven. De twee vrienden van de oude man zullen het niet leuk vinden dat ik hem heb vermoord, ook al was de man zelf begonnen. Cynthia loopt enorm gehaast door de zaal heen. Ze pakt veel te grote stapels borden vast en loopt dan hard naar de keuken. Ondertussen kijkt ze de hele tijd naar mij. Haar hoofd is rood aangelopen en af en toe hoor ik een snik uit haar richting komen.

Ik begrijp helemaal niet waarom Cynthia zich zo gedraagt. Hoe sneller ze werkt, hoe minder controle ze heeft over haar bewegingen.

Het duurt dan ook niet lang voor ze tegen een stoel aan stoot en alle borden uit haar handen laat vallen. De borden vallen met een enorm kabaal op de grond kapot. De drie dames schrikken op. Christiaan komt even kijken in de deuropening waar het lawaai vandaan komt, maar hij is snel weer weg voordat hij aan moet bieden om mee te helpen met opruimen. Een paar andere bewoners komen nieuwsgierig vanuit de hal naar het restaurant om te kijken wat er is gebeurd.

"Zie je nou wat je doet?" schreeuwt Cynthia tegen mij, terwijl het toch duidelijk Cynthia zelf was die de borden uit haar handen liet vallen. "Het is allemaal jouw schuld, stom onding."

Vervolgens barst Cynthia op de grond in huilen uit. Iedereen in het restaurant kijkt naar Cynthia.

Jan en Kees kijken elkaar tevreden aan. Jan knikt kort naar Kees, alsof ze blij zijn dat Cynthia moet huilen.

"Het is gewoon niet eerlijk," huilt Cynthia. "Ik doe zo mijn best, maar het lukt niet meer."

Ik weet niet wat ik met Cynthia moet doen.

"Wat is er aan de hand?" vraag ik op een neutrale toon.

Cynthia reageert woedend.

"Je weet donders goed wat er aan de hand is. Jan heeft het vanochtend aan mij verteld. Jullie nemen straks allemaal ons werk over. Jij en al die andere kutrobots. Nu zijn het er nog maar een paar, maar het worden er alleen maar meer. En wij worden straks op straat gezet. Het is allemaal allang besloten en niemand heeft nog het fatsoen gehad om het tegen ons te vertellen. Zelfs de bewoners weten het eerder dan wij."
Cynthia pakt een paar scherven van de borden op, maar gooit ze dan weer kwaad op de grond.
"Wij worden overbodig, omdat het goedkoper is om ons te vervangen door een stel wandelende typemachines. Alsof jullie ons werk beter kunnen doen."
"Ikiryo doet het werk ook beter," zeg ik, terwijl ik naar de ravage op de grond wijs. "Jij hebt alle borden kapot gemaakt."
Even weet Cynthia niet hoe ze moet reageren. Ze staart met open mond naar mij. Haar uitgelopen mascara heeft donkere vlekken achtergelaten rond haar ogen. Dan springt ze op mij af. Een van de bewoners springt snel tussen ons in, zodat ze mij niet aan kan vliegen.
"Gemeen rotbeest. Jij bent helemaal niet gemaakt om dit werk te doen. Je kunt niet eens normaal met mensen omgaan, opgeblazen IPad."
Ik merk dat ik ook boos begin te worden door de woorden van Cynthia. Ik voel weer dezelfde emotie opkomen als in de keuken.
"Ikiryo niet blij," zeg ik.
Ik haal uit naar Cynthia. Niet om haar uit te schakelen. Ik wil haar alleen pijn doen en haar afleren om zo tegen mij te praten. Ik raak haar schouder.
"Au, mijn arm," roept Cynthia. "Wat is er mis met jou, stom ding?"
Ze probeert mij te trappen, maar Christiaan pakt haar vast bij haar arm en trekt haar weg.

"Wat is hier aan de hand?"
De hele zaal kijkt naar de deur, waar Johanna zojuist binnen is gekomen. Ze ziet er erg kwaad uit.
"Cynthia, wat ben je aan het doen?" vraagt ze. "Hoe komt die rotzooi op de grond?"
Cynthia is niet meer in staat om een duidelijk antwoord te geven. Ze kan alleen nog maar huilen en af en toe roepen dat ze haar baan niet wil verliezen.
Ik word weer rustig. Ik voel mijn emotie verdwijnen naar de achtergrond. Ik ben niet blij dat ik mezelf weer niet onder controle had. Ik had Cynthia niet moeten slaan. Dat was niet rationeel. Nu heeft iedereen in de zaal kunnen zien dat ik boos was op Cynthia en dat ik haar pijn heb gedaan.

Hoofdstuk 25

De rest van de dag gaat zonder verdere incidenten voorbij. Om even bij te komen mag Cynthia van Johanna haar middagdienst omruilen voor een nachtdienst. Rond twaalf uur komt ze weer terug naar de instelling. Ze ziet er nog steeds verdrietig en erg vermoeid uit, ook al heeft ze geen huilbuien meer. Ze gaat mij zoveel mogelijk uit de weg.

Als alle bewoners slapen en het personeel naar huis is of op de personeelskamer zit, komen de robots in actie. We hebben het vanmiddag al met elkaar afgesproken. Alle zes lopen we zo stil mogelijk door de gangen. Iedere robot heeft een andere bewoner uitgekozen als slachtoffer. Zes en Drie gaan naar de C-vleugel, Vijf gaat naar B, Vier en Twee naar A en ik ga naar D. Ik moet nog afrekenen met Kees, want Kees deed vorige week mee met de aanval in de keuken. Hij weet misschien niet zoveel over mij als de oude man wist, maar hij vormt wel een risico. Kees moet zo snel mogelijk worden uitgeschakeld.

Ik loop door de gang tot ik bij de deur van Kees ben. Er is niks te horen. Er staat geen tv aan en ik hoor geen stemmen binnen. Heel zachtjes doe ik de deur open. Het is donker In de kamer. Ik hoor geen geluid van ademhaling of gesnurk. Ik loop verder de kamer in, maar ik zie al snel dat het bed leeg is. De lakens liggen in een slordig hoopje op het bed en er ligt niemand onder. Ik kan heel goed zien in het donker. Ik controleer de badkamer, maar ook daar is niemand te vinden. Kees is niet op zijn kamer. Dat vind ik vreemd. Als Kees niet hier is, waar is hij dan wel?

Ik heb geen zin om Kees te gaan zoeken. Hij kan overal wel rondlopen in het complex. Dus besluit ik om naar een andere bewoner te gaan. Kees komt later wel. Ik heb Jan ook vaak

zien praten met Kees, Karel en de oude man. Jan is ook een risico.
Ik loop stil de trap af en twee gangen door, tot ik bij de kamer van Jan ben. Ook hier is het stil. Ik kijk in de kamer, maar ik merk al snel dat Jan ook niet op zijn kamer is. Zijn bed is leeg. Dit vind ik nog vreemder. Zouden Jan en Kees samen weg zijn? Zijn ze nog ergens aan het kaarten? Het is half vier 's nachts, dat is veel te laat om nog wakker te zijn, helemaal voor zulke oude mensen als Kees en Jan.
Ik vraag me af of de andere robots wel succes hebben gehad. Ik besluit terug te gaan naar mijn laadstation zonder een andere bewoner uit te schakelen. Morgen moet ik weer voldoende energie hebben om de dag door te komen.
Ik loop naar het centrale trappenhuis. Ondertussen luister ik goed of ik ergens voetstappen van het personeel hoor. Ik wil niet dat iemand mij 's nachts rond ziet lopen, want dan denken de mensen misschien dat ik iets te maken heb met alle bewoners die vandaag worden uitgeschakeld.
Als ik bij het trappenhuis aankom, zie ik iets vreemds. Iemand heeft een zwarte kabel aan de balustrade vastgeknoopt. De kabel staat strak gespannen, alsof er iets zwaars aan hangt. Ik loop richting de balustrade en blijf dan plotseling staan. Ik herken het zwarte plastic van de kabel. Die kabel is van Ikiryo. Het is een van de kabels waar ik mijn voeding mee kan opladen en verbinding kan maken met een computer. Het is de extra lange kabel van zes meter, die ik eigenlijk nooit gebruik. Die kabel hoort gewoon in de kast op de kamer van Johanna te liggen, naast de gebruiksaanwijzing van duizend pagina's voor Ikiryo die toch nooit gelezen wordt. Hoe kan die kabel hier terecht zijn gekomen?
Ik loop verder naar de balustrade en dan zie ik wat er aan de kabel hangt. Het is een lichaam.

Onderaan de kabel zie ik het levenloze lichaam van Cynthia bungelen. Haar hoofd hangt scheef in een ongebruikelijke hoek en de kabel snijdt diep in haar keel. Het lijkt erop alsof ze haar nek heeft gebroken. Ik loop snel via de trap een verdieping naar beneden, zodat ik haar gezicht kan zien. De ogen van Cynthia staan nog open, maar er zit geen leven meer achter. Haar tong hang half uit haar mond. Ik kom tot de conclusie dat Cynthia zichzelf heeft uitgeschakeld. Dat is de enige logische verklaring. Op haar voorhoofd heeft Cynthia een post-it briefje geplakt, waar ze met een slordig handschrift een korte tekst op heeft geschreven. Ik lees wat er op het briefje staat, maar ik begrijp niet wat ze bedoelt met haar tekst. Hoezo schrijft ze dat ze blij is?

Het lijkt mij beter als niemand anders deze tekst leest, ook al weet ik nog niet precies waarom. De tekst lijkt te gaan over het incident van vanmiddag met de borden. Misschien worden de mensen wel boos op Ikiryo als dat incident hier iets mee te maken heeft. Ik haal het briefje snel weg en verstop het.

Ik twijfel of ik alarm moet slaan. Misschien is het beter om snel terug te gaan naar het laadstation en te doen alsof ik niks heb gezien? Ik kan Cynthia toch niet meer helpen.

Voordat ik een besluit kan nemen, hoor ik achter mij een rinkelend geluid en voetstappen die snel dichterbij komen. Ik draai me om.

Het is een van de bewakers die zijn nachtelijke ronde maakt door het gebouw. De sleutelbos aan zijn riem tikt bij iedere stap tegen zijn zaklamp aan.

"Hé Ikiryo," zegt de man op zijn gemak. "Wat doe jij zo laat nog op de gang? Hoef je niet te slapen of opladen ofzo?"

Dan ziet de bewaker het lichaam van Cynthia achter Ikiryo hangen.

"Oh mijn god," zegt hij. "Wat is dat?"

Ik gooi snel mijn armen in de lucht en roep: “Help. Cynthia gevallen.”

Hoofdstuk 26

De volgende dag is de hele instelling in rep en roer. Het personeel, dat toch al ondersteboven is van de dood van Cynthia, moet ook nog eens vijf andere sterfgevallen verwerken. Meneer Plasterk is uitgegleden toen hij 's nachts naar het toilet ging en ongelukkigerwijs drie keer achter elkaar met zijn hoofd tegen de toiletpot gevallen. Meneer Watts kreeg een elektrische schok toen hij de beschadigde snoer van zijn nachtlampje aanraakte. Mevrouw De Vries was door haar dementie waarschijnlijk vergeten dat het half december is. Ze werd 's ochtends half onderkoeld gevonden zonder kleren aan en met haar raam wagenwijd open. Het lukte niet meer om haar op tijd op te warmen en ze overleed een paar minuten nadat ze was gevonden. Meneer Bakker kreeg juist een hartaanval door oververhitting. Hij had zijn elektrische deken en de verwarming op de hoogste stand gezet en dat kon zijn lichaam, dat toch al aan de zware kant was, niet meer aan. En dan was er nog mevrouw Filipsen. Zij viel midden in de nacht in haar slaap uit bed en stootte in een beweging haar tv-meubel omver, waardoor haar gloednieuwe flatscreen van bijna anderhalve meter breed bovenop haar hoofd viel. Ik heb nog maar tweehonderdeenenvijftig bewoners te gaan.

Alle robots zijn 's ochtends weer op tijd terug bij hun laadstation. Niemand heeft ze 's nachts gezien. Alleen Ikiryo is gezien door de bewaker. Ik ben de enige die buiten onze kamer is ontdekt. Nu moet ik steeds opnieuw uitleggen dat Cynthia daar al hing toen ik haar vond. Eerst vertel ik het aan de bewaker en Johanna en later op de dag wordt Rick er ook weer bij gehaald. Johanna vertelt aan Rick dat Cynthia gisteren ruzie heeft gehad met Ikiryo, maar Rick denkt dat dat vooral de schuld van Cynthia zelf is. Hij noemt Cynthia een

robothater en zegt dat haar zelfmoord niet aan Ikiryo kan worden verweten. Hij biedt weer aan om cursussen te organiseren voor iedereen die nog steeds moeite heeft met de komst van de robots, maar daar gaat Johanna niet op in. Als ze een verklaring heeft ondertekend waarin ze belooft dat de dood van Cynthia op geen enkele manier zal worden gelinkt aan de robots, vertrekt Rick weer uit de instelling. Hij kijkt niet eens naar de andere robots.
Niemand vindt het raar dat er opeens zes mensen zijn overleden op dezelfde dag dat er vijf nieuwe robots in de instelling zijn komen werken. Voor ieder sterfgeval is een volstrekt logische verklaring te vinden. Het is gewoon toeval dat het er deze nacht zoveel zijn.

Alleen ik denk dat de meeste bewoners nu toch wel iets door hebben. Steeds meer mensen kijken met argwaan naar mij of een van de andere robots als ze ons door de gang zien lopen. Tijdens de lunch zie ik dat Jan, Kees en Karel druk met elkaar fluisteren, terwijl ze steeds naar mij kijken. Jan en Kees lijken iets te willen waar Karel het absoluut niet mee eens is. Ik wil graag horen wat ze zeggen. Onopvallend loop ik in hun richting, maar zodra de drie dat merken, houden ze op met fluisteren. Jan haalt een schrift uit zijn rugzak en begint zinnen te schrijven die hij aan de anderen laat lezen. Karel leest het, schudt driftig zijn hoofd en schrijft er dan een zin onder. Ik kan niet zien wat ze schrijven, maar ik heb het vermoeden dat het over mij gaat. Nadat de drie mannen een aantal regels aan elkaar hebben geschreven, staat Karel op.
"Ik doe hier niet aan mee," zegt hij. "Jullie gaan veel te ver."
Dan loopt hij boos het restaurant uit. Ik ben heel nieuwsgierig naar wat die drie met elkaar hebben besproken.
Aan alle andere tafels in het restaurant zijn de bewoners ook druk aan het smoezen en soms wijst iemand naar een van de

robots. Meneer Snijders laat Vier zelfs struikelen over zijn wandelstok als die net langs zijn tafel loopt.
De mensen voelen dat het niet klopt. Terwijl dat helemaal niet logisch is. Niemand heeft de robots vannacht gezien. Hun vermoedens zijn helemaal niet op feiten gebaseerd. Ik denk dat we niet veel tijd meer hebben om ons werk af te maken. We moeten vanavond nog meer bewoners uitschakelen, voordat ze hun vermoedens gaan bespreken met het personeel. Gelukkig heeft Zes een idee gekregen. Hij zegt dat hij een manier weet om in een keer een heleboel bewoners uit te schakelen. Misschien zelfs wel allemaal.

Vlak voor het avondeten komt Jan de keuken in lopen. Hij zegt dat hij graag mee wil helpen met koken. Ik vind het eerst vreemd, omdat Jan nooit ergens aan mee doet. Net zoals die oude man. Ze zitten vaak ergens aan de rand van de zaal gewoon te mopperen als er iets georganiseerd wordt. Ik ben even bang dat Jan mij ook met een pan gaat slaan, dus ik blijf een beetje bij hem uit de buurt. Toch is Jan heel aardig tijdens het koken. Hij aait mij zelfs over mijn rug als ik met twee borden eten door de deur naar het restaurant loop. Het piepje van de metaaldetector bij de deur gaat af, maar daar is iedereen door de robots al zo aan gewend geraakt dat niemand er nog van opkijkt. Kees doet ook al opvallend aardig tegen mij. Hij staat vlak bij de deur van het restaurant op mij te wachten en aait mij ook over mijn rug. Ikiryo is blij dat ze mij niet proberen te slaan.

Hoofdstuk 27

Als alle bewoners 's avonds weer naar bed zijn gebracht, heeft Ikiryo een overleg met Twee tot en met Zes op de kamer van Johanna. De mensen zouden dit een vergadering noemen, maar wij zijn veel efficiënter dan dat. Zes vertelt aan de andere robots over zijn plan om in een keer veel bewoners uit te schakelen. Het klinkt erg veelbelovend. Als we het goed aanpakken, zouden we morgen al klaar kunnen zijn. Tweehonderdeenenvijftig bewoners in een nacht; het moet te doen zijn. Zes heeft overdag al gekeken welke kamers we hiervoor kunnen gebruiken. In iedere vleugel is een mogelijkheid op de eerste verdieping, dus we kunnen op vier plaatsen beginnen.

Zes haalt het koffiezetapparaat op de personeelskamer uit elkaar. Hij laat aan mij, Drie en Vier zien wat de bedoeling is. Als Zes de draadjes op de juiste manier met elkaar verbindt, een stuk stof van de gordijnen in het apparaat steekt en dan de stekker weer in het stopcontact steekt, geeft dit het gewenste resultaat. Zes laat ons oefenen en vertelt dan op welke kamers de bewoners nog meer apparaten hebben staan.

Twee en Vijf zullen ondertussen in het atrium blijven, om te proberen de bewoners zolang mogelijk tegen te houden voor ze naar buiten kunnen. Om te beginnen zullen ze de stroom uitschakelen van de toegangssluis waar alle bezoekers doorheen moeten. En verder zullen ze het personeel zoveel mogelijk voor de voeten lopen.

Als we er zeker van zijn dat alle bewoners slapen, gaan we op pad, net zoals gisteren. Het is drie uur 's nachts. Ik loop richting de D-vleugel. Bij het centrale trappenhuis van de D-vleugel tref ik mijn voorbereidingen. Ik probeer het zo stil mogelijk te doen, maar samen met de andere robots komt er

toch nog behoorlijk wat lawaai vanuit de vier trappenhuizen rond het atrium. Ik hoop maar dat niemand hier wakker van wordt. De kamer van de portier is in ieder geval verlaten, dus hij zal wel ergens op de verdiepingen boven rondlopen.
Dan loop ik naar boven. Ik kom langs de plek waar het lichaam van Cynthia nog geen vierentwintig uur geleden hing. Verschillende bewoners hebben een kaarsje of kleine briefjes neergelegd naast de balustrade op de zevende verdieping. Een paar teksten op de briefjes zijn gericht aan de regering, waarvan de mensen vinden dat ze Cynthia tot haar daad hebben gedreven door zoveel te bezuinigen. De briefjes waarop mensen in hun woede ook de interim-directeur hebben genoemd heeft Johanna weg laten halen.
Ik begrijp nog steeds niet helemaal waarom Cynthia zichzelf heeft uitgeschakeld. Ze was wel verdrietig omdat ze de borden had laten vallen, maar deze reactie vind ik een beetje overdreven.
Ik sta naar de kaarsen en de briefjes te kijken en wil net verder gaan, als ik plotseling een harde klap tegen mijn achterhoofd krijg. Ik val er bijna van voorover, zo hard is de klap.
"Zo, Ikiryo, eindelijk hebben we je te pakken," zegt iemand achter mij. Ik draai me snel om. Het is Kees, die een stuk hout in zijn handen heeft. Het lijkt op een tafelpoot van een van de tafels die overal in de instelling staan.
"Niemand houdt ons nu nog tegen," zegt Kees. Hij haalt nog een keer hard uit naar mij en raakt mij op de zijkant van mijn hoofd. "We gaan je helemaal slopen. En daarna gaan we achter die vrienden van je aan."
Kees zwaait nog een keer met zijn tafelpoot, maar nu ben ik erop voorbereid. Ik houd het wapen met een hand tegen en grijp met mijn andere hand Kees bij zijn trui vast. Ik trek Kees naar voren en geef hem een harde kopstoot. De sensoren in mijn voorhoofd voelen de warmte van het hoofd van Kees.

Waarom heeft de maker mij daar eigenlijk sensoren gegeven? Kees schrikt van mijn snelle reactie. Hij had geen kopstoot verwacht en hij laat zomaar zijn tafelpoot op de grond vallen. Hij rukt zich los van mij en rent weg, de trap op. Ik ren achter Kees aan. Kees heeft gezien dat ik 's nachts door de gang liep. Dat mag Kees tegen niemand vertellen, dus moet ik eerst Kees uitschakelen voordat ik verder kan gaan met mijn plan. Ik ren achter Kees aan de trap op. Kees is gelukkig niet zo fit, dus ik zit vlak achter hem als hij een gang in rent.
"Hij komt eraan," roept Kees hijgend als hij de hoek omgaat. In de deuropening van een van de kamers draait hij zich om. "Had je nog wat, met je plastic kop?" roept hij uitdagend. Hij ziet er nu niet meer zo bang uit als net, toen ik hem een kopstoot gaf. Hij kijkt naar mij alsof hij wil vechten, terwijl hij toch moet weten dat ik sterker ben dan hij. Uit de wenkbrauw van Kees loopt een dun streepje bloed over zijn gezicht, maar dat lijkt Kees niet eens te merken. Ik kijk rond of er een mogelijkheid is om Kees snel uit te schakelen. We mogen niet te veel lawaai maken. Dan komen de andere bewoners misschien uit hun kamers. Voor mij op de grond zie ik iets glinsteren in de felle tl-verlichting op de gang. Er ligt een mes op de grond. Het is een van de grote messen die in de keuken worden gebruikt. Hoe kan die hier nou terechtkomen?
Ik pak het mes op om Kees te steken. Het voelt nat en plakkerig aan. De ogen van Kees worden groot.
"Hij heeft het opgepakt," zegt hij opgewonden.
"Hou je mond, idioot," hoor ik iemand op de kamer roepen. "Maak dat je wegkomt."
Kees rent de kamer in en ik ren er met het mes in mijn hand achteraan. Kees kan niet meer ontsnappen uit die kamer. Net op het moment dat ik de kamer binnen loop, roept Kees: "Ja, nu."

Even blijf ik staan, terwijl ik probeer te verwerken wat ik in de kamer zie. Naast de muur aan de linkerkant staat Yojimbo met een plastic zak over zijn hoofd. Zodra ik de kamer binnen loop, wordt die zak er snel afgehaald. Yojimbo kijkt naar mij. En dan kijkt Yojimbo om zich heen naar de andere mensen in de kamer.
De hele kamer ligt vol met bloed. Het zit overal. Op de muur, op de gordijnen, de vloer. Het bed zit helemaal onder. En te midden van al dat bloed ligt het lichaam van meneer Snijders. Zijn ogen en zijn mond staan wagenwijd open. Zijn keel ook. Ik begrijp helemaal niet wat er aan de hand is. Wat doet Yojimbo hier eigenlijk?
Dan zie ik de andere man bij het bed staan. Zijn gezicht is rood van de bloedspetters, maar ik herken hem meteen. Het is de oude man. Ik heb hem helemaal niet uitgeschakeld in de keuken. De oude man was nog steeds in de instelling, alleen ik heb hem de afgelopen dagen gewoon niet gezien. Ik heb nog steeds tweehonderdtweeënvijftig bewoners te gaan. Of nee, toch tweehonderdeenenvijftig, nu meneer Snijders er niet meer is.
Zou een van de andere robots hier al langs zijn gekomen? Nee, dat kan haast niet. We zijn tegelijk vertrokken en we gingen alle vier een andere kant op. Jan staat ook in de kamer, aan de andere kant van het bed. Hij heeft de plastic zak van het hoofd van Yojimbo gehaald. Alle drie kijken ze gespannen naar mij.
Ik kijk naar beneden naar het mes in mijn handen. Het mes zit onder het bloed. En nu zit het bloed ook op mijn handen. Ik kijk weer naar Yojimbo, die me vragend aankijkt.
"Zou het werken?" fluistert Kees.
"Stil, niks zeggen," fluistert Jan terug. Dan zegt hij op overdreven luide toon: "Stoute Ikiryo, wat heb je nu weer gedaan? Dat had je niet mogen doen, hoor."

Dan begrijp ik eindelijk wat hier aan de hand is. Ik ben niet blij.

En net op dat moment gaat het brandalarm af.

Hoofdstuk 28

Oké, ik heb nooit gezegd dat het idee van Jan een goed idee was. En ik heb ook nooit gezegd dat ik er blij mee was. Maar dit was de enige uitweg die Jan nog zag uit onze situatie. En na een half uur zwijgend zinnen heen en weer schuiven onder het waakzame oog van Yojimbo had Jan mij en Kees overtuigd. Alleen Karel was het eigenlijk vanaf het begin al niet eens met het plan van Jan.

Voordat ik vertel wat het plan van Jan inhoudt, is het misschien beter als ik eerst vertel waarom Jan hier zit. Jan is al meer dan dertig jaar geleden naar deze instelling gestuurd. In de eerste jaren heeft Jan nog verschillende behandeltrajecten doorlopen, maar toen hij geen vooruitgang liet zien, is zijn behandeling uiteindelijk maar gewoon opgegeven. Jan mag hier voor de rest van zijn leven toch niet meer uit. Dat heeft de rechter bepaald toen hij Jan veroordeelde tot deze instelling. Jan heeft namelijk lang geleden zijn ex-vrouw en haar nieuwe vriend met een bijl om het leven gebracht en vervolgens hun huis in brand gestoken. Jan verklaarde in de rechtszaal dat hij tot zijn daad was gekomen omdat ze niet goed voor zijn hond zorgden.

Kees kwam hier binnen doordat hij in een dronken bui met zijn bus tegen een bierfiets botste. De rechter vond dat opzet was bewezen, want Kees had drie keer getoeterd, zijn middelvinger opgestoken, geroepen "Ga aan de kant, stelletje spleetogen. Anders rij ik jullie de gracht in," voordat hij ze met zijn bus de gracht in reed. Drie van de Chinezen op de bierfiets en twee Koreanen op de rondvaartboot konden niet zwemmen en dat heeft waarschijnlijk meegewogen in de veroordeling van Kees. Het psychologisch onderzoek dat werd uitgevoerd tijdens de strafzaak wees uit dat het beter

was als Kees zijn straf in deze instelling uit zou zitten en ondertussen zou afkicken van zijn alcoholverslaving. Kees is al jaren aan het afkicken, maar het wil nog niet echt lukken. Het personeel smokkelt steeds flessen whisky voor ons naar binnen en gedoogt de hele situatie zolang Kees het meubilair niet kort en klein slaat.
Karel werd opgepakt met een brandende molotovcocktail in zijn hand voor het gemeentehuis. Dat vond de rechter voldoende aanleiding om hem ook naar deze instelling te sturen.
Ik wil liever niet vertellen wat ik heb gedaan. Het is lang geleden en ik heb er sindsdien nog steeds elke dag spijt van. Het is de reden waarom mijn kinderen zo weinig met mij te maken willen hebben. Ze komen alleen nog als het echt moet. Zoals ik eerder al zei, de mensen behandelen mij vaak alsof ik niet goed bij mijn hoofd ben. Dat is niemand in onze instelling namelijk. En dat is trouwens ook de reden dat we hier zoveel bewakers nodig hebben en ze niemand naar buiten laten. Alle bewoners zitten hier omdat we geestelijk niet in orde zijn en daarnaast ook lichamelijke verzorging nodig hebben vanwege onze hoge leeftijd. We zijn een speciale doelgroep waarin deze tbs-instelling is gespecialiseerd.
En als iemand uit onze instelling dan een keer roept dat er een moordende robot rondloopt, is er natuurlijk niemand die dat serieus neemt.

Misschien is het niet netjes van me dat ik dit nu pas benoem, maar je hebt er ook niet naar gevraagd. Laten we terug gaan naar het idee van Jan. Het idee klinkt misschien iets minder absurd nu je weet dat het is ontstaan in het brein van iemand die mensen met een bijl vermoordt vanwege een hond.
Jan gaf in zijn schrift aan dat het onmogelijk is om tegen de robots te vechten of er voor te vluchten. Dat zouden we

namelijk nooit overleven, laat staan winnen. Dus zag Jan nog maar één andere mogelijkheid. We moesten er voor zorgen dat Ikiryo werd ontmaskerd. We moesten voor iedereen duidelijk zichtbaar maken waar de robot toe in staat was. Alleen dan zou de robot worden weggehaald uit de instelling en zouden we veilig zijn. En omdat we met zes robots in onze instelling niet al teveel tijd meer zouden hebben, besloten we dat we de verdachtmakingen van Ikiryo niet meer af konden wachten, maar het zelf een duwtje in de goede richting moesten geven. We kozen Cynthia als ons eerste slachtoffer. Niet omdat we Cynthia niet mogen of omdat we vonden dat ze het verdiend zou hebben, maar eigenlijk alleen omdat we dachten dat we haar het makkelijkst konden manipuleren. Dit was een van de redenen waarom ik niet blij was met het plan van Jan. We waren er alle vier niet blij mee, maar het was noodzakelijk. Als ik moet kiezen tussen mijn eigen leven of dat van Cynthia, dan zal ik altijd voor mezelf kiezen.

De eerste stap in ons plan was zorgen voor een publieke confrontatie tussen Cynthia en Ikiryo, zodat iedereen kon zien dat die twee een hekel aan elkaar hadden. Jan hoefde alleen maar tegen Cynthia te zeggen dat ze misschien ontslagen werd en de rest deed Cynthia helemaal zelf. En vervolgens reageerde Ikiryo perfect op haar uitbarsting in het restaurant. Hij sloeg haar zelfs. Dat was nog beter dan waar we op hadden gehoopt.

Na de ruzie tussen Cynthia en Ikiryo hoefden we alleen nog maar de zelfmoord van Cynthia in scène te zetten en net te doen alsof Ikiryo daar iets mee te maken had. Dat wilde Kees wel doen. Kees vindt zijn eigen leven ook meer waard dan dat van Cynthia als het erop aankomt. Terwijl Cynthia aan het begin van de nacht haar laatste ronde deed, brak Kees haar nek. Daarna knoopte hij haar lichaam samen met Jan op aan de balustrade in het atrium. Ze gebruikten daarvoor de

speciale kabel van Ikiryo, die Jan uit de kamer van Johanna had gestolen. En om het beeld helemaal af te maken, schreef Kees er nog een briefje bij: 'Ik mag geen borden kapot maken. Cynthia stom. Ik blij.'
We gingen ervan uit dat, wie Cynthia ook zou vinden, er meteen een link werd gelegd met Ikiryo vanwege de kabel en het briefje. De rest van de nacht hielden we ons met zijn vieren schuil op mijn kamer voor het geval dat de robots toch zouden komen.
We hoorden de volgende ochtend dat het lichaam van Cynthia was gevonden door Ikiryo zelf. En hoewel we het zo hadden georganiseerd dat het zou lijken op een zelfmoord die door Ikiryo in scene was gezet, geloofde het personeel en de politie dat het een echte zelfmoord was geweest. De politie had trouwens toch te weinig tijd om de dood van Cynthia goed te onderzoeken vanwege alle andere sterfgevallen die we die nacht hadden. Kees sprak nog verschillende agenten aan om hen te wijzen op wat er die dag daarvoor was gebeurd in het restaurant, maar niemand wilde naar hem luisteren. Ze dachten dat hij gek was en technisch gezien hebben ze daar natuurlijk ook gelijk in.

Dus toen Ikiryo en al die andere robots de volgende dag nog vrolijk door de instelling wandelden, moesten we wel concluderen dat ons plan was mislukt. We hadden Cynthia voor niks vermoord.
Toch wilden we ons plan nog niet opgeven. We waren erg geschrokken van het brutale tempo waarmee de robots nu de bewoners uit de weg begonnen te ruimen. Vannacht al vijf doden, hoeveel zouden het er dan morgen zijn? Die hele dag voelde het alsof we op ieder moment aan de beurt konden zijn. Ik durfde zelf het grootste deel van de dag nog nauwelijks van mijn kamer te komen. Na de lunch kwamen

Kees en Jan naar mijn kamer. Jan vertelde dat hij een nieuw idee had. Ik vond zijn idee niet heel veel beter dan zijn eerste idee, maar ik had ook geen andere oplossing voorhanden.
"We moeten ervoor zorgen dat we beelden op camera vastleggen van Ikiryo die iemand vermoordt," schreef Jan in zijn schrift. Jan wilde nog steeds niks hardop uitspreken met Yojimbo in de kamer. "Als dat lukt en we brengen de beelden vervolgens naar buiten, dan zijn we gered."
Dat leek mij erg moeilijk. In de eerste plaats zouden we moeten weten wie Ikiryo die nacht zou gaan vermoorden. En zelfs als we dat wisten, dan moesten we een camera in die kamer installeren zonder dat iemand dat doorhad.
"En we hebben niet eens een camera," schreef ik in het schrift van Jan.
"We hebben wel een camera," schreef Jan. "Hij staat achter je."
Kees en ik draaiden ons om en keken naar Yojimbo.
"Dat ding slaat geen beelden op," schreef Kees. "En niemand mag ernaar kijken, dus niemand ziet het als Ikiryo iemand voor zijn ogen vermoordt."
"Denk eens aan de vorige keer met die agenten. Als het beeld van Yojimbo opeens wegvalt, geeft hij een signaal af en dan gaat er wel iemand naar die camera kijken. Als het beeld dan op het juiste moment terugkomt, zit er ergens op het politiebureau een agent achter een beeldscherm die meekijkt. Die agent ziet alles wat Yojimbo op dat moment ziet. We hoeven er alleen maar voor te zorgen dat Ikiryo op dat moment precies voor de camera staat met het moordwapen in zijn hand."

Dat was dus het nieuwe idee van Jan. Het was een verbeterde versie van ons eerste plan. Of een net iets wanhopiger versie. En aangezien niemand van ons een beter idee had, hebben we dat maar in gang gezet. Eerst smokkelden Jan en Kees een

scherp mes uit de keuken door het pontificaal op de rug van Ikiryo te plakken met tape. Niemand die het opmerkte. Vervolgens spraken we af dat Kees Ikiryo of een van de andere robots 's nachts zou overvallen en hem met zich mee zou lokken naar de kamer van meneer Snijders. Daar zouden Jan, ik en Yojimbo op Ikiryo staan te wachten. Kees vond dat het mijn beurt was om iemand te vermoorden. Hij had Cynthia al vermoord en Jan zou het mes de keuken uit smokkelen. Dus toen het zover was, moest ik ervoor zorgen dat het mes helemaal onder het bloed zat en klaar lag op de gang zodat Ikiryo het op kon pakken.
Ons plan werkte perfect. Precies op het moment dat Jan de plastic zak van het hoofd van Yojimbo haalde, liep Ikiryo de kamer in. Het maakte niet uit wie er aan de andere kant mee zat te kijken en of die ons geloofde of niet. Dit was iets waar die persoon niet omheen kon. Uit de beelden bleek duidelijk dat de robot iemand had neergestoken. Hij had het mes zelfs nog in zijn hand.
Tot zover had Jan zijn plan uitgewerkt. Het was misschien wat vergezocht en de uitvoering had uiteindelijk twee onschuldige levens geëist, maar het resultaat was bereikt. Alleen niemand van ons had verder nagedacht over de consequenties. We gingen ervan uit dat we klaar waren nu Ikiryo eenmaal was ontmaskerd. We waren all-in gegaan op de flop en wisten niet hoe we verder moesten spelen bij de turn en de river.
We wisten niet wat we moesten doen nu we tegenover Ikiryo stonden in de kleine kamer van meneer Snijders. Ikiryo leek al vrij snel te begrijpen wat er aan de hand was. En hij keek helemaal niet blij.

Hoofdstuk 29

Even wordt er door niemand gesproken. We staan met zijn drieën tegenover Ikiryo. Kees hijgt nog een beetje na van zijn vlucht door het trappenhuis. Jan en ik houden onze adem in. We weten niet zeker of er iemand meekijkt met Yojimbo. Als er nu iemand kijkt, zullen ze wel snel hulp sturen, toch? De vorige keer dat we het hoofd van Yojimbo hadden afgedekt duurde het bijna een uur voordat die agenten binnen kwamen stormen. Zouden ze wat meer haast hebben nu ze zien dat Ikiryo een mes in zijn handen heeft?

In de stilte gaat opeens het brandalarm van de instelling af. Een indringende sirene die ergens in de buurt van het atrium begint en langzaam via de gang steeds iets dichterbij aanspringt. Even later begint ook het alarm op de kamer te piepen.

Ikiryo kijkt dreigender. Hij staat in de deuropening, dus we kunnen er niet langs. En hij heeft het mes nog vast.

Kees is de eerste die iets doet. Hij pakt een vaas met bloemen van de tafel en gooit die naar Ikiryo. Ikiryo slaat de vaas opzij zonder van zijn plek af te komen. Dan springt Jan naar voren. Hij probeert Ikiryo tegen de grond te werken, maar Ikiryo gooit hem in een beweging op de grond en begint op hem in te steken. Ik roep iets, maar ik kan niks doen om Jan te helpen. Het gaat allemaal veel te snel.

Kees pakt een schemerlamp vast die naast het bed van meneer Snijders staat. Met de lamp in de aanslag rent Kees naar Ikiryo toe en duwt hem van Jan af. Ikiryo valt achterover op de grond.

"Laat hem met rust, klerelijer," schreeuwt Kees. Ikiryo probeert overeind te klimmen, maar Kees duwt hem met de lamp verder de gang op.

"Wegwezen hier," roept Kees over zijn schouder naar mij. "De gang op, ik hou hem tegen."
Ik spring naar de deuropening, waar Jan op de grond ligt. Ik pak zijn hand vast, maar eigenlijk zie ik al meteen dat het helemaal mis is. De robot heeft Jan meerdere keren gestoken. Jan is niet meer te redden. Ik wil het bloeden stoppen, maar hij bloedt op te veel plekken.
"Rennen," roept Kees weer, terwijl hij Ikiryo nog steeds in bedwang houdt. Hij stoot de lamp in het gezicht van Ikiryo. Met een doffe klap springt het peertje kapot. Ikiryo pakt de steel van de lamp vast en duwt de lamp opzij.
"Laat hem," roept Kees. Hij laat de lamp uit zijn handen vallen en rent de gang in zonder om te kijken. Ik moet Jan laten gaan, anders lig ik hier zo naast hem. Terwijl Ikiryo overeind krabbelt, spring ik over hem heen en ren de gang in. Ikiryo haalt uit met zijn mes en schampt mijn scheenbeen, maar ik ren door. Ik ren achter Kees aan door de gang. Ik kijk niet achterom of de robot achter mij aan komt. Terwijl ik weg ren, gaat de sirene nog steeds af. In heel het gebouw, op alle kamers en op de gangen, komt hetzelfde geluid uit de luidsprekers. Verschillende bewoners komen hun kamer uit en kijken verdwaasd de gang op.
"Is er brand?" vraagt een van de bewoners aan mij als ik voorbij ren. Het is Freddy, een Surinaamse man met een ongezonde fascinatie voor walrussen. Ik stop niet om antwoord te geven.
Dan hoor ik dat Freddy zegt: "Hé Ikiryo, wat doe jij zo laat nog op? Weet jij waarom het alarm afgaat?"
Net op het moment dat ik denk 'ik moet hem waarschuwen,' hoor ik hem zeggen: "Wat heb je daar in je hand?"
Direct daarna hoor ik een ijzingwekkend hoge schreeuw. Ik draai me om en zie dat de man wankelt in de deuropening. Ikiryo hangt aan zijn rug en steekt hem verschillende keren

achter elkaar in zijn nek. Iedereen op de gang kan zien wat er gebeurt. Freddy zakt door zijn knieën en valt samen met Ikiryo zijn kamer in. Ik zie niet wat er in de kamer gebeurt, maar aan het geluid hoor ik dat Ikiryo hem blijft steken. Hij houdt al snel op met schreeuwen.
De andere bewoners die het gezien hebben, raken in paniek. Ze gooien hun deur dicht en verschansen zich op hun kamer of ze rennen juist de gang op, richting het atrium. Ik ren met ze mee. Bij de trappen zijn er al verschillende bewoners die boven ons wonen onderweg naar beneden. Ze hebben geen idee wat er zojuist op onze verdieping is gebeurd. Ze reageren alleen op het brandalarm.
"Ikiryo is gek geworden," hoor ik een vrouw tegen de rest roepen als ze de trap af rent. "Hij viel Freddy net aan, ik heb het zelf gezien."
"En Jan ook," zegt iemand anders. "Ik liep net langs zijn lichaam. Hij lag in een plas bloed op de gang."
"En meneer Snijders is ook vermoord door Ikiryo," voeg ik eraan toe, terwijl het bloed van meneer Snijders nog op mijn handen en kleding zit. "Kees en ik waren erbij. Ikiryo is helemaal doorgedraaid."

Ik loop een paar verdiepingen naar beneden, tot er een opstopping ontstaat op de trappen. Het alarm gaat nog steeds af en ik hoor verschillende bewoners naar elkaar roepen, ook vanuit de andere vleugels die uitkomen op het atrium. Ik duw een paar mensen ruw opzij en zie Kees staan. Kees trekt samen met een andere man aan een kar met schoonmaakspullen, die ondersteboven op de trap is gegooid. De hele trap ligt vol met sponzen, rollen wc-papier, schoonmaakdoeken en flessen schoonmaakmiddel die open zijn gesprongen. Het ruikt in ieder geval wel lekker fris.

"Ze hebben de trap geblokkeerd," zegt Kees als hij mij ziet staan. "Help me om dit hier weg te halen."
Ik kijk over de schouder van Kees en zie dat het trappenhuis vol ligt met troep. Bezems, prullenbakken, stoelen, plantenbakken, zelfs een oude bank; alles ligt op een grote hoop, zodat niemand erlangs kan. Ik help Kees om de spullen op te ruimen. Samen trekken we de kar met schoonmaakspullen naar boven en draaien hem om, zodat hij uit de weg kan worden gereden door de gang. Achter ons komen steeds meer mensen samen bij de trap. Door de sirene die indringend overal bovenuit klinkt, wil iedereen snel naar beneden. De mensen achteraan beginnen te dringen, terwijl de mensen vooraan druk bezig zijn om de barricade op te ruimen. De spullen op de trap worden haastig omhooggetrokken en doorgegeven naar achteren door de menigte.
Ik heb geen idee waar Ikiryo is gebleven. Zou hij nog steeds op de verdieping ergens boven ons zijn? Ik verwacht dat hij ieder moment achter mij op kan duiken of dat ik plotseling een mes in mijn rug voel. Ik wil zo snel mogelijk weg van deze plek, ook al heb ik geen idee waar ik dan heen moet gaan. De camera van Yojimbo heeft het in ieder geval gezien, denk ik. Er is hulp onderweg.
Samen met vijf anderen pak ik de bank vast die dwars op de trap is blijven steken. Iemand heeft die bank helemaal hiernaartoe gesleept vanaf het einde van de gang waar hij normaal gesproken staat. Is dit het werk van Ikiryo?
We tillen de bank op, maar het lukt ons niet om hem naar boven te dragen door de groep bewoners die allemaal naar beneden willen.
"Naar achteren," roept Kees boven het brandalarm uit. "Deze bank moet eerst weg, anders kan niemand erlangs. Ga opzij."

Niemand luistert naar hem. De bewoners blijven als een blok op de trap staan, zelfs als Kees met zijn vrije hand mensen aan de kant probeert te duwen. Terwijl we zo met de bank op de trap staan te hannesen, proberen een paar bewoners om langs ons naar beneden te komen. De trap is veel te smal. Als snel ontaardt het in een chaotisch geduw en getrek tussen de bewoners met als middelpunt de zware bank. Als een van de bewoners tenslotte over de bank heen probeert te klimmen, hou ik hem niet meer. De bank glijdt uit mijn handen en we vallen met de hele groep naar beneden. Ik kom een paar treden lager terecht en knal met mijn hoofd tegen een metalen prullenbak. De bank blijft naast mij steken op een traptrede en even later zie ik Kees achterover over de bank rollen en ergens onder mij terechtkomen. Ik krabbel half overeind en besluit dat ik de rest van de versperring maar laat zitten. Zo goed en zo kwaad als het kan, worstel ik me door de spullen. Er steekt een stoelpoot in mijn maag en ik krijg de schoen van een bewoner in mijn gezicht, maar dan zie ik onder mij een opening in de barricade waar ik doorheen kan kruipen. Achter mij en voor mij hoor ik mensen schreeuwen die over elkaar heen vallen, terwijl ze naar beneden proberen te komen. Ik kruip verder richting de opening. Vanaf beneden krijg ik een hand aangereikt, die ik stevig vastpak. Ik word door de opening naar voren getrokken.

Met een smak kom ik op de vloer van het atrium terecht, midden in een plas wc-reiniger. Ik voel een dikke, koude vloeistof tegen mijn wang plakken en mijn neus vult zich direct met een overweldigende geur van lavendel. De hand die ik nog steeds vast heb, trekt mij omhoog. Het is Christiaan, die mij geschrokken aankijkt. We kijken elkaar even aan en hij geeft mij een klap op de schouder. Dan draait hij zich snel om en begint gejaagd meer spullen uit de barricade te trekken.

Even later stommelt ook Kees van de trap af, wild om zich heen slaand. Zijn voet zit vast in een emmer, die hij vloekend door het atrium weg trapt.
"Kees, hierheen," roep ik, en hij komt mijn kant op. Hij hinkt een beetje, terwijl hij over zijn knie wrijft.
"Kolere," zegt hij, terwijl hij achterom kijkt naar de ravage op de trap. "Wat was dat nou weer?"
Christiaan en een aantal bewakers zijn druk bezig om de spullen uit de barricade weg te halen. Langzaamaan wordt de weg vrijgemaakt en stromen de angstige bewoners de hal in. Ik zie nog geen spoor van Ikiryo. Ik kijk om me heen door het atrium en probeer te bevatten wat ik zie. Er heerst een totale chaos in de hal, die nog wordt versterkt door het snerpende geluid van het brandalarm. De hoofdingang naar buiten toe is dicht. Ik zie hoe Johanna en de portier met hun handen proberen om de schuifdeuren uit elkaar te trekken, maar er zit geen beweging in. Aan de andere kant van de ingang, helemaal voorbij de detectiepoorten en de toegangssluis, zie ik twee mannen in brandweeruniform staan. Ze schijnen met zaklampen naar binnen en bonzen op het glas van de sluis. Een van hen haalt een breekijzer tevoorschijn en begint de toegangssluis open te wrikken.
Ik kijk verder en zie dat er zich bij alle vier de trappen vanuit de verschillende vleugels een vergelijkbaar tafereel afspeelt. De trappen zijn allemaal afgesloten met een grote berg meubels en overal is het personeel druk bezig om die blokkades zo snel mogelijk uit de weg te ruimen. Vanachter de barricades hoor ik de bewoners van die vleugels schreeuwen dat ze erlangs willen.

Ik schrik als ik op een andere plek in het atrium opeens Ikiryo zie lopen. Hoe is hij zo snel langs ons gekomen? Ik zag hem voor het laatst op de gang op de achtste verdieping. Dan zie ik

dat het Ikiryo niet is. Op zijn rug staat een grote twee geschreven. Het is een van de andere robots.
Nummer Twee lijkt een beetje doelloos door het atrium te lopen. Hij loopt van de ene vleugel naar de andere en vraagt aan verschillende personeelsleden wat hij moet doen. Dan pakt hij iets op van een barricade, maar legt het na een tijdje besluiteloos weer neer. Ik zie dat de robot met de grote Vijf op zijn lichaam Johanna aan een stuk door aan het attenderen is op het alarm. De programmering van de robots, die misschien goed werkt als ze routineklusjes moeten uitvoeren, schiet totaal tekort bij een chaotische situatie zoals deze ontruiming. Ergens stelt mij dat ook wel weer gerust.
"Wat doen we nu?" vraagt Kees naast mij. "We kunnen niet naar buiten."
Dan zie ik dat Karel op de trap verschijnt. Hij struikelt half de trap af en rent dan naar mij en Kees toe. Vlak voor ons glijdt hij uit over de plas met wc-reiniger en valt met een luide vloek op de grond. Ik trek hem overeind.
"Wat is er gebeurd?" vraagt Karel geschrokken. Zijn gezicht is bleek. "Wat hebben jullie in vredesnaam gedaan? Wat is er met Ikiryo aan de hand?"
"Heb je Ikiryo gezien?" vraag ik. "Waar is hij?"
Ik merk nu pas op dat de mouw van het overhemd van Karel gescheurd is.
"Dat ding is helemaal wild geworden," zegt Karel. "Ik zag hem boven door de gang rennen, achter een groep bewoners aan. Net op de hoek van de gang kreeg dat monster mevrouw Jansen te pakken."
Karel vertelt zijn verhaal in korte zinnen en probeert tussendoor op adem te komen.
"Hij begon haar keel dicht te knijpen. Ik kon hem nog een paar trappen tegen zijn hoofd verkopen, maar hij liet haar niet los. Ik zag hoe ze rood werd en daarna zelfs paars. Haar ogen

puilden uit. En ik kon niks doen tegen die robot. Hij voelde mijn trappen niet eens. Ik rende weg om hulp te halen, maar niemand wilde mij helpen. Ik raakte op de trap verstrikt in de massa mensen die naar beneden liep en kon niet meer terugkomen."

Dan rent Karel plotseling van ons weg, richting Johanna.

"We moeten het personeel waarschuwen, snel," roept hij.

Kees en ik rennen achter Karel aan. Ik merk nu pas dat er bloed uit mijn scheenbeen komt waar Ikiryo mij met zijn mes heeft geraakt. Ik voel de wond nauwelijks door de adrenaline.

"Waar is Jan eigenlijk?" vraagt Karel, terwijl hij door de hal rent.

"Vertel ik nog wel," antwoordt Kees.

Terwijl we het atrium oversteken, ruik ik voor het eerst dat er rook hangt in het atrium. De geur is heel licht. Hij valt bijna niet op door de penetrante lavendelgeur die in mijn kleren hangt. Ik zie nergens rook vandaan komen, maar nu ik het eenmaal heb opgemerkt is de geur duidelijk aanwezig in de hal. Ik kijk naar boven, naar de glazen koepel op het dak en zie dat er een grijze waas in het atrium hangt. Ergens in het gebouw moet er iets in brand staan en de rook van die brand stijgt op in het atrium.

Ik ren verder naar Karel en Kees, die druk gebarend met Johanna staan te praten bij de hoofdingang.

"Je moet naar ons luisteren," zegt Karel fel. "Ergens daarboven is Ikiryo nu aan het rondrennen door de gang en hij is compleet doorgedraaid."

"Hij maakt links en rechts alle bewoners af die hij tegenkomt," zegt Kees. "Jullie moeten wat doen. Meneer Snijders is al dood. En Freddy ook en wie weet wat Ikiryo nu aan het doen is. Hij heeft een mes."

"Ik heb geen tijd," zegt Johanna ongeduldig. "Horen jullie het alarm niet? We zitten midden in een ontruiming en deze deur gaat niet open. Nee, nummer Vijf, jij ook niet, rot op."
Johanna duwt Vijf naar achteren en begint weer aan de deur te wrikken. Aan de andere kant slaan de brandweermannen het glas van de toegangssluis kapot met een kleine hamer. Het is stevig glas, maar de brandweermannen komen er langzaam maar zeker doorheen. Buiten op de parkeerplaats zie ik nog meer blauwe zwaailichten dichterbij komen. De hulp is onderweg.
Terwijl ik naar Johanna kijk die tevergeefs aan de deur probeert te trekken, ben ik het opeens zat dat er niemand is die ons serieus neemt. Ik trek Johanna aan haar arm naar me toe en sla haar in een opwelling recht in haar gezicht. Geschokt kijkt ze me aan.
"Luister naar me, Johanna. Ik ben niet gek," zeg ik vlak voor haar gezicht. "Jan is dood en Ikiryo heeft hem neergestoken. Waar denk je dat dit bloed op mijn handen vandaan komt? Iedereen in deze instelling loopt op dit moment gevaar. Het personeel ook."
"Wat zei je net over Jan?" vraagt Karel.
Ondertussen komen er steeds meer bewoners om ons heen staan. Ze willen allemaal naar buiten via de deuren die nog dicht zitten. Christiaan komt ook naar de hoofdingang gerend. Volgens mij heb ik hem nog nooit ergens voor zien rennen.
"Brand," schreeuwt Christiaan. "Johanna, er is brand uitgebroken in het gebouw."
"Dat weet ik," snauwt Johanna, die niet meer weet wat ze aan moet met al die mensen die iets van haar willen. "Ik kan het brandalarm zelf toch ook horen? In welke vleugel is het?"
"In alle vleugels."
"Wat?"

"Er is brand in drie vleugels. A, B en C. Het zijn drie losse branden die op verschillende kamers op de eerste verdieping van die vleugels zijn ontstaan."
"Hoe kunnen er nu drie verschillende branden zijn? Zorg dat je die vleugels zo snel mogelijk ontruimt en ga die branden blussen."
"Dat gaat niet," zegt Christiaan met een lichte paniek in zijn stem. "We kunnen niet langs de trappen komen. Alle trappenhuizen zijn geblokkeerd met spullen."
Het begint me eindelijk te dagen wat er aan de hand is. Drie branden. In drie verschillende vleugels. Alleen onze vleugel, waar Kees net Ikiryo heeft aangevallen, staat niet in brand. Ik kijk naar de deuren van de hoofdingang voor mij. De stroom voor de deuren en de toegangssluis is weggevallen, zodat ze niet meer zomaar open kunnen. Alles valt op zijn plek. De branden, de barricades, de afgesloten deuren.
"Het zijn de robots," schreeuw ik zo hard als ik kan. Ik wijs naar nummer Vijf en loop langzaam achteruit richting het atrium. Weg van de robot.
"Die robots hebben het gebouw in brand gestoken. En ze hebben de trappen en de hoofdingang geblokkeerd. Ze gaan ons allemaal vermoorden."
Karel loopt met mij mee naar achteren. Hij wil niet in de buurt van de robot blijven, die met een onbewogen gezicht naar mij kijkt. De bewoners in de hal kijken naar mij en naar de robot en stappen ook naar achteren. Ik zie dat de meeste bewoners mij nu eindelijk wel geloven. Veel te laat natuurlijk, maar toch. Ze kijken met argwaan naar nummer Vijf en nummer Twee.
"Vijf wil helpen," zegt de robot onschuldig. "Kom mee. Vijf zal jullie redden."
"Luister niet naar hem," zegt Karel. We lopen allebei achteruit de hal in, tot we midden in het atrium staan. Iedereen kijkt naar ons.

"Het is waar," zegt Karel. "De robots hebben dit gedaan. Ik heb het zelf gezien. Ikiryo heeft al verschillende bewoners vermoord en deze robots spannen allemaal met hem samen. Wie weet wat Ikiryo op dit moment boven ons aan het doen..."
Voordat Karel zijn zin af kan maken, laat Ikiryo zelf al zien wat hij op dat moment aan het doen is. Hij gooit het lichaam van Yojimbo namelijk net over de balustrade vanaf de achtste verdieping. Het zware lichaam van de robot vermorzelt Karel, die naast me staat, in een klap. Ik voel een verse lading bloed in mijn gezicht spatten en dan is Karel opeens weg. Zijn lichaam ligt bedolven onder Yojimbo aan mijn voeten. Dan gooit Ikiryo het losgerukte hoofd van Yojimbo erachteraan. Ik kan nog net op tijd wegduiken voor het hoofd met een harde klap op de grond terechtkomt.
Iedereen in het atrium kijkt naar boven, waar Ikiryo bovenop de balustrade klimt. Zijn gezicht laat een boosaardige, haast manische grijns zien. Een uitdrukking die geen enkele programmeur zou bedenken. Hij moet het zichzelf hebben aangeleerd. Terwijl de mensen in de hal naar boven kijken, lijkt het stiller te worden.
Johanna loopt langzaam naar het midden van het atrium. Ze slaat haar hand voor haar mond als ze Karel onder Yojimbo ziet liggen in een plas bloed. Het is duidelijk dat Karel de klap niet kan hebben overleefd.
Johanna kijkt me aan.
"Oh mijn god," fluistert ze. "Je had gelijk."
Ik knik.
Johanna kijkt naar boven.
"Ikiryo," zegt ze met bevende stem. "Kom naar beneden. Ik wil met je praten."
Plotseling hoor ik het geluid van brekend glas bij de deur. Ik kijk om en zie dat de brandweermannen eindelijk binnen zijn.

Ze slaan met hun hamers de laatste stukken van de deur kapot en duwen dan met gemak de deuren opzij. Het stalen frame van de rechterdeur valt kletterend op de grond. De brandweermannen lopen het atrium in, op zoek naar iemand die hen kan vertellen wat er aan de hand is. Direct achter de brandweermannen zie ik politieagenten door de gang naar binnen rennen.
Robot Twee, die vriendelijk lachend bij de receptie staat, loopt naar de brandweermannen toe.
"Goedenacht," zegt de robot beleefd. "Twee kan u helpen. Wat is er aan de hand?"
De brandweermannen kijken verbaasd naar de robot die voor hun neus staat en hen aanspreekt. Dit hadden ze duidelijk niet verwacht.
"Wat is dit?" vraagt een van hen. "Is dit een grap?"
"Pas op," schreeuwt Kees naar de brandweermannen. "De robots zijn gevaarlijk."
Dan zien ze hoe de rest van het atrium eruitziet. Ze zien Yojimbo in het midden van de hal liggen, met het verbrijzelde lichaam van Karel eronder in een grote plas bloed. Ze zien de groepjes bewoners die her en der in het atrium staan en uit de buurt blijven van de twee robots. Ze zien dat de verschillende trappen zijn geblokkeerd en door die blokkades komen nu duidelijk zichtbare rookpluimen die door de centrale hal naar boven kringelen. De bewoners die nog vastzitten in de verschillende vleugels rennen op de eerste verdieping in paniek rond het atrium, op zoek naar een trappenhuis waar ze wel langs kunnen. En ergens boven dit hele tafereel zien de brandweermannen een derde robot staan, bovenop de balustrade.

Hoofdstuk 30

Ikiryo kan haast niet geloven wat er is gebeurd. Het is helemaal verkeerd gelopen. Mijn plan is mislukt. Ik heb moeite om te accepteren wat eigenlijk al niet meer te ontkennen is. De oude man heeft mij beetgenomen. Hij en zijn vrienden zijn slimmer dan ik en ik heb me eenvoudig laten gebruiken voor hun plan. Onder mij zie ik dat er nog meer mensen de hal in komen lopen. Er komen vier agenten door de hoofdingang naar binnen en achter hen nog eens zes brandweermannen. Als er in dit tempo nieuwe mensen de instelling binnen komen lopen, zijn ze nooit op.
Ik zie ook dat een aantal bewoners via de hoofdingang naar buiten rennen. Twee en Vijf houden ze niet eens tegen. Ze laten ze gewoon doorlopen. Ik weet dat ik die mensen niet meer tegen kan houden. Ze zullen buiten de instelling tegen andere mensen vertellen wat ze hebben gezien en dan zullen alle mensen achter mij aan komen. Ik heb verloren.
Toch kan ik het niet accepteren. Rationeel gezien is er geen enkele reden meer om mezelf niet over te geven aan de mensen. Maar ik denk totaal niet meer rationeel. Als een mens heb ik me laten leiden door mijn emoties. Ik wil alle mensen uitschakelen. In de afgelopen minuten sinds ik mijn aanval ben begonnen, heb ik er al zeker tien uitgeschakeld. En ik heb Yojimbo uitgeschakeld toen hij mij in bedwang probeerde te houden. Yojimbo had alle beelden doorgegeven aan de politie. De agenten die de instelling binnen komen lopen, zijn hier speciaal voor mij. Ze omsingelen meteen de twee robots die bij de ingang staan, met hun pistool in de aanslag. Ik zie dat de overgebleven robots nu ook bij het atrium verschijnen. Alle drie op de tweede verdieping in de vleugel waar ze de kortsluiting hebben veroorzaakt. Ze hebben geen last van de

zwarte rook die in steeds dichtere wolken vanuit hun gang het atrium in drijft.

"Robots," roep ik naar beneden. De andere robots kijken naar mij.

"De mensen zijn gekomen om ons uit te schakelen. Ze hebben wapens meegenomen om ons allemaal te vernietigen. Maar Ikiryo zal dat niet laten gebeuren. Ikiryo heeft al elf mensen uitgeschakeld. Vecht nu met Ikiryo mee. Vernietig alle mensen."

Drie, Vier en Zes klimmen direct over de balustrade heen en laten zich vallen. Hun benen zijn sterk genoeg om de klap op te vangen. Maar dan twijfelen de robots. Ze vallen de mensen niet meteen aan. Zouden ze het niet durven? Zijn ze bang dat de mensen boos worden? De mensen en de robots staan gespannen tegenover elkaar in het atrium. De politieagenten weten dat er iets mis is met de robots. Ze houden allemaal hun wapen vast, klaar om te schieten.

Twee zorgt er uiteindelijk voor dat de impasse wordt doorbroken. Hij rent op de dichtstbijzijnde agent af en die agent begint meteen te schieten. Twee krijgt twee kogels in zijn hoofd en valt achterover tegen de muur aan. Zodra de andere robots dat zien, komen ze allemaal tegelijk in actie. Vier en Vijf rennen naar de schietende agent toe en dan beginnen de andere agenten ook te schieten. Robot Drie wordt in zijn rug geraakt en valt voorover. De mensen in het atrium beginnen te gillen. Ze stuiven alle kanten op, op zoek naar beschutting.

Robot Zes wordt meerdere keren in zijn lichaam geraakt door politiekogels, maar het houdt hem niet tegen. Hij rent recht op de agenten af die hem onder vuur nemen. Zes slaat een agent met een enkele klap tegen de grond. Bij een andere agent grijpt Zes de hand vast waarmee hij zijn wapen vasthoudt. Hij knijpt met gemak de hand fijn, terwijl de agent schreeuwend

van de pijn probeert om zijn hand los te trekken. Een van de brandweeragenten rent naar ze toe en slaat met zijn breekijzer tegen de arm van Zes. Zes reageert niet eens. Hij blijft in de hand knijpen tot er dunne streepjes bloed door zijn metalen vingers sijpelen. Een andere agent lukt het ondertussen om robot Drie te tackelen en zijn armen snel in de boeien te slaan. De robot rukt wild aan de metalen boeien, maar krijgt zijn handen niet los.
Robot Vier pakt Kees bij zijn kraag vast en slingert hem enkele meters door de hal. Kees komt met een klap tot stilstand tegen een grote kamerplant. Daarna rent Vier naar de twee agenten bij de deur, die via hun radio meer versterkingen oproepen. Een van de agenten ziet de robot aan komen lopen en schiet een paar kogels af zonder echt te kijken. Een van de kogels boort zich in de dij van de oude man die nog in het midden van de hal staat. De man scheldt de agent uit voor achterlijke klootzak, maar die hoort dat al niet meer. Robot Vier heeft zijn pistool uit de handen van de agent getrokken en schiet hem twee keer in zijn borst. Ikiryo wist helemaal niet dat Vier met wapens om kon gaan. De andere agent laat zijn radio even voor wat het is en schiet ook op Vier. Een kogel ketst af tegen het achterhoofd van Vier, waarna de robot hevig trillend op de grond valt. Zijn processor is beschadigd door de klap. Zijn armen en benen schieten ongecontroleerd alle kanten op.
Ikiryo ziet de oude man ondertussen het atrium uit strompelen. Hij houdt zijn hand op zijn dij gedrukt, terwijl hij met pijnlijke stappen richting de keuken loopt. Zijn hele onderbeen is nat van het bloed.
Voor Ikiryo is dit de laatste kans. Ik moet en zal de oude man uitschakelen, ook al is dat mijn laatste actie voor ik zelf word uitgeschakeld. Mijn gedrag is allang niet meer logisch. De dood van de oude man lost helemaal niks op. En toch wil ik het. Het is persoonlijk geworden.

Ik ren via de trappen helemaal naar beneden naar het atrium. Tijdens het rennen hoor ik verschillende schoten door het atrium galmen. Bij ieder schot gillen de bewoners. En daarbovenuit hoor ik de brandweermannen en agenten naar elkaar en naar de bewoners schreeuwen. Ze proberen zoveel mogelijk bewoners via de hoofdingang in veiligheid te brengen. De overgebleven robots verzetten zich hevig, maar ze zijn niet opgewassen tegen het grote aantal mensen tegenover hen. Terwijl ik door het atrium ren, zie ik dat nu ook de bewoners en het personeel van de instelling zich tegen de robots keren. Vijf wordt door een grote groep bewoners tegen de grond gewerkt. In een flits zie ik dat Johanna met een brandblusser in haar hand op hem in staat te rammen. Ze slaakt een woeste oerkreet die ik helemaal niet bij haar anders zo gereserveerde houding vind passen. Het is duidelijk dat de robots aan het verliezen zijn. En ondertussen hebben de agenten versterking opgeroepen. Iedere weldenkende machine zou zijn verzet nu opgeven. Maar Ikiryo rent dwars door het hele strijdgewoel heen richting de keuken. Niemand schiet op mij. Niemand ziet dat ik de oude man de keuken in volg.

Hoofdstuk 31

Ik strompel moeizaam ademend de keuken in. Het is donker in de keuken en ik laat de lichten uit. Alleen het bordje van de nooduitgang naar het restaurant geeft een flauwe, groene waas over de keuken. Ik kan nauwelijks druk uitoefenen op mijn rechterbeen. En ik voel de snee in mijn andere been nu ook duidelijk kloppen. Hinkend loop ik verder door de keuken. Achter mij hoor ik de mensen gillen en ik hoor verschillende schoten klinken.

Ik haal mijn hand even van mijn dij af en probeer in het groene licht te zien hoe hevig de wond bloedt.

Wat een idioot, denk ik, terwijl ik aan mijn dij voel. Ik was tot een paar minuten geleden nog in de veronderstelling dat de politie mijn beste vriend was. Ik ben blij dat hij dood is, anders had ik hem zelf de nek omgedraaid.

Ik loop verder door de donkere keuken. Ik zoek om me heen naar een voorwerp dat ik als wapen kan gebruiken en vind een grote houten broodplank. Het is geen ideaal wapen, maar ik kan even niks anders vinden.

Aan het einde van de keuken ga ik onderuitgezakt tegen de oven aan zitten. Het is dezelfde plek waar Ikiryo en ik nog geen week geleden over de vloer rolden. Ik probeer in mijn hoofd te reconstrueren hoe het zover heeft kunnen komen. Jan en Karel zijn dood en ik heb geen idee hoe het met Kees is. Ik ben alleen, gewond en hulpeloos. Sarah Connor had tenminste nog Kyle Reese bij zich om haar te beschermen. En als de robots in het atrium het gevecht winnen, zit ik hier opgesloten in de keuken tot de hele instelling is afgebrand.

Ik weet niet of ik even ben weggedommeld, maar ik schrik op als ik het piepen van de metaaldetector bij de deur hoor. Er is een robot de keuken in gelopen. Of misschien een agent met een pistool. Ik hou me zo stil mogelijk. Boven het lawaai uit het atrium uit hoor ik duidelijk het geluid van iets van metaal dat met trage passen over de keukenvloer loopt. Het is een robot. Het is me nog niet eerder opgevallen hoe akelig onnatuurlijk een robot klinkt. Geen ademhaling, geen gezucht of gesteun, hij schraapt zijn keel niet. Ik hoor alleen het zachte geklik en gezoem van de ledematen die soepel bewegen en het geluid van de stappen op de vloer.

Ik probeer op te staan, maar zodra ik kracht zet op mijn rechterbeen, zak ik door mijn knieën. Met een galmende klap val ik achterover tegen de oven aan. Even staat de robot stil. Dan hoor ik hem vlug enkele stappen achter elkaar zetten en verschijnt hij recht voor me aan het eind van het looppad. Het is Ikiryo. Ik kan nergens meer heen.

Vermoeid laat ik de broodplank uit mijn hand glijden. Ik heb geen zin meer om te vechten. Ik ben te moe. Ikiryo kijkt me aan met een mengeling van fascinatie en vreugde op zijn gezicht. Ik weet zeker dat hij speciaal voor mij naar de keuken is gelopen. Hij is hier om me af te maken.

"Wat moet je nou van me?" vraag ik wanhopig. "Waarom moet ik dood?"

De robot blijft staan.

"Ikiryo wil doen waar Ikiryo zin in heeft," zegt hij cryptisch. "Jij had Ikiryo door, dus moet je worden uitgeschakeld."

"Iedereen heeft je nu door, Ikiryo. Jij hebt zelf in het atrium geroepen dat alle mensen dood moeten."

De gezichtsuitdrukking van de robot verandert. De blik die hij nu laat zien is moeilijk te omschrijven. Het lijkt even alsof hij verdrietig is.

"Ja," zegt hij. "Dat wilde Ikiryo niet doen. Maar Ikiryo kon het niet helpen."

Buiten in de hal schreeuwt een van de agenten: "Pas op, achter je," gevolgd door twee schoten en een korte gil.
Ikiryo kijkt naar de deur naar het atrium en weer naar mij.
"Ikiryo denkt dat alle mensen nu boos op hem zijn," zegt hij zacht.
Ik vraag me verbaasd af of ik nu werkelijk iets van berouw zie in de ogen van de robot. Of imiteert hij dat gedrag nu hij weet dat hij in de problemen zit?
"Waarom wilde de oude man Ikiryo eigenlijk uitschakelen?" vraagt de robot.
"Omdat je gevaarlijk bent," zeg ik. "Jij hebt meneer Braiser, mevrouw Van der Wal en mevrouw Vlieger vermoord. En ik ging er vanuit dat je vroeger of later mij ook zou vermoorden."
De robot houdt zijn hoofd schuin.
"Ben je boos op Ikiryo?"
"Ja, ik ben boos op je, Ikiryo," zeg ik fel. "Je hebt net twee van mijn beste vrienden vermoord en door jou lig ik hier bloedend en helemaal onder de wc-reiniger in de keuken. Natuurlijk ben ik boos."
Het gezicht van de robot verandert weer naar boosaardig.
"Ikiryo is ook boos op jou," zegt hij. "Ikiryo zal blij zijn als hij jou heeft uitgeschakeld. Je bent een slechte man."
Terwijl Ikiryo weer naar me toe begint te lopen, zet ik me schrap voor het onvermijdelijke. Dan hoor ik de metaaldetector bij de deur weer piepen. Ik hoor iemand mijn naam roepen.
"Hier," roep ik terug. "Help me. Hij gaat me vermoorden."
De robot draait zich snel om naar de deur. Ikiryo en ik zien allebei hoe Kees als een soort karikatuur van Rambo het looppad in komt rennen. Hij heeft een theedoek om zijn bloedende voorhoofd gebonden en in allebei zijn handen heeft hij een pistool. Ik wil niet eens weten hoe Kees aan die twee

pistolen is gekomen, maar ik ben wel blij dat hij ze bij zich heeft. In ieder geval tot hij begint te schieten. Kees schiet eerst een aantal keer met het pistool in zijn linkerhand in de richting van de robot, terwijl hij op ons af rent. Hij mist de robot volledig en zijn laatste kogel komt in mijn schouder terecht.
"Aah, verdomme," schreeuw ik boos. "Kan iedereen alsjeblieft ophouden met op mij te schieten?"
Kees schrikt van het feit dat hij mij heeft geraakt en houdt even in. Ikiryo haalt met zijn arm uit naar Kees, maar die duikt onder zijn arm door. De robot grijpt mis. Kees schiet met het pistool in zijn rechterhand op Ikiryo en mist van die afstand gelukkig niet. Ikiryo wordt in zijn arm geraakt, waarna die arm slap langs zijn lichaam blijft hangen. Dan duwt Kees het pistool in zijn linkerhand in de mond van Ikiryo. De robot simuleert angst op zijn gezicht. Of hij schrikt echt van het pistool.
Met een maniakale grijns op zijn gezicht haalt Kees de trekker over.
Het pistool klikt, maar doet verder niks. De kogels zijn op. Heel even kijkt Ikiryo triomfantelijk naar Kees, maar die duwt meteen zijn andere pistool tegen het gezicht van de robot. Hij schiet en het hoofd van de robot knalt aan de achterkant uit elkaar. Stukjes metaal, plastic en computerchips vliegen door de keuken. Vrijwel direct verdwijnt al het leven uit de robot en hij zakt op de grond in elkaar.
Hij is eindelijk verslagen.
Ik voel dat ik zelf ook het bewustzijn begin te verliezen. Ik voel opluchting, maar ik ben ook vermoeider dan ik ooit ben geweest. Er komen meer agenten de keuken binnenstormen. Ze hebben automatische wapens bij zich en maskers voor hun gezicht. Vlak voordat ik helemaal wegzak, hoor ik Kees nog een laatste opmerking maken.
"Zo, die doet het niet meer," zegt hij droog.

Epiloog

Sinds de nacht dat Ikiryo werd uitgeschakeld is er veel veranderd in mijn leven. Ik zit nog steeds vast, maar opeens luisteren mensen weer naar wat ik te zeggen heb. Ik heb interviews gegeven voor kranten en televisie en ik ben zelfs een keer overgebracht naar Den Haag voor een speciale hoorzitting in de Tweede Kamer. Ik hoorde later dat de beelden van die hoorzitting in twintig verschillende landen live zijn uitgezonden.
Mijn kinderen komen ook weer vaker op bezoek. Hoewel we nog steeds niet spreken over wat ik in het verleden heb gedaan, is ons contact weer iets normaler geworden. Misschien voelen ze zich schuldig over het feit dat ze niet naar mij wilden luisteren toen Ikiryo mij in elkaar had geslagen.
Het debat over wat er nu precies mis is gegaan met Ikiryo en waarom hij deed wat hij heeft gedaan, wordt nu al jaren gevoerd door talloze wetenschappers, beleidsmakers, activisten en journalisten. De ontwerper van Ikiryo heeft altijd alleen gehandeld en hij heeft nauwelijks aantekeningen achtergelaten over zijn werk. Bij gebrek aan een verklaring vanuit andere onderzoeksdisciplines kijkt men nu vooral naar psychologen en antropologen om een mogelijke verklaring te geven voor het gedrag van Ikiryo. Zelfs voor zelfdenkende machines bestaat er blijkbaar een discussie over nature versus nurture in de wetenschappelijke wereld.

Ikiryo zelf is uiteindelijk de geschiedenis ingegaan als de robot die zowel het begin als het einde heeft ingeluid van de era van kunstmatige intelligentie. Een era die hooguit een paar maanden heeft geduurd. Zodra de eerste onderzoeksrapporten over het Ikiryo-incident waren

verschenen, begonnen regeringen en internationale instituten over de hele wereld zich bezig te houden met regelgeving rondom kunstmatige intelligentie. Een onderwerp waar voor die tijd bijna geen aandacht voor was geweest, omdat iedereen altijd meteen de associatie had met slechte B-films of de op hol geslagen fantasie van sciencefictionschrijvers. Geen enkele serieuze beleidsmaker durfde zich aan dit onderwerp te wagen voordat dit incident was gebeurd.
Dat gebrek aan interesse bij overheden werd na Ikiryo natuurlijk direct gecompenseerd door compleet door te slaan in de andere richting. De hele wereld was het erover eens dat dit nooit meer mocht gebeuren en het opstellen van nieuwe gedragscodes en wetten kreeg al snel fundamentalistische trekjes. De weerstand tegen alles wat met robots of zelfdenkende machines te maken had, werd zo heftig, dat de weinige voorstanders van robotica die daar nu nog voor uit durven te komen zelfs over deze periode spreken als de periode van de 'Butlerse Jihad.'
Met de ondertekening van het Metropolis-protocol tijdens de G40-top in Toronto werd uiteindelijk de doodsteek uitgedeeld. Al het onderzoek en elke toepassing, hoe ongevaarlijk ook; ja, zelfs alle niet-wetenschappelijke publicaties over het onderwerp kunstmatige intelligentie, werden in een klap verboden in de gehele geïndustrialiseerde wereld. In diverse steden gingen uitzinnige menigten de straat op om de boeken van Isaac Asimov te verbranden.

Niemand is er ooit achter gekomen dat Ikiryo uiteindelijk niet verantwoordelijk was voor de dood van Cynthia en meneer Snijders. Ik heb het nooit verteld, zelfs niet tijdens mijn hoorzitting. Kees en ik zijn de enigen die weten wat de vonk was die Ikiryo tot zijn gewelddadige uitbarsting heeft gedreven.

Ik vraag me nog weleens af of er een andere uitkomst mogelijk was geweest. Een uitkomst zonder brand en met iets minder bloedvergieten. Was het wel echt nodig om Cynthia en meneer Snijders te vermoorden?
Jan, Kees, Karel en ik zijn alle vier veroordeeld voor geweldsmisdrijven. Geweld was een onderdeel van ons denken en daarom hadden we er geen probleem mee om dat ook als een onderdeel van de oplossing te zien. We waren een gevaar voor de maatschappij, daarom zaten we opgesloten. Bij mij is ooit vastgesteld dat ik geen enkel moreel besef heb. Waar andere mensen van nature aanvoelen wat goed of slecht is, voel ik niks. Het geluk van anderen laat mij koud; hun lijden ook. Ik hou me alleen aan de regels van de samenleving als dat voor mij voordeel oplevert, niet omdat ik een goed persoon wil zijn. In de eerste jaren dat ik in de instelling kwam, heb ik vaak met mijn artsen, coaches, buddy's en psychiaters gesproken over moraliteit. Wat moraliteit is; hoe het ontstaat; waarom we als samenleving en als individuen moraliteit nodig hebben. Ik begrijp wel wat moraliteit voor de meeste mensen betekent, maar ik heb zelf het concept nooit echt goed begrepen.
Dat was volgens mij ook het probleem met Ikiryo. Mensen vergeten dat moraliteit niet te programmeren is. Je kunt het niet vastleggen in regels. Het is iets dat intuïtief ontstaat bij mensen en waar ieder mens anders mee om gaat. Er is jaren gespeculeerd over het motief van Ikiryo, zonder dat mensen er een goede verklaring voor hebben kunnen vinden. Heeft zijn ontwerper, die binnen zijn bedrijf wel enigszins bekend stond als een mensenschuwe eenling, Ikiryo zo geprogrammeerd? Wilde Ikiryo de macht overnemen? Zag hij mensen als een bedreiging voor zijn eigen bestaan?
Juist in die zoektocht naar een motief zit de denkfout. Mensen hebben behoefte aan een verklaring. We accepteren niet dat

iets zomaar gebeurt. Een mens of een robot pleegt alleen een moord als hij daar een heel goede reden voor heeft. Een seriemoordenaar moet in zijn jeugd zijn mishandeld; een puber die steelt en aan de drugs zit, moet naar de verkeerde rockmuziek luisteren. Het is voor veel mensen geen optie dat er geen verklaring is als andere mensen iets slechts doen. Want dat zou betekenen dat iedereen in principe iets slechts kan doen.

Ik vermoed dat het motief van Ikiryo uiteindelijk heel banaal is geweest. Er was geen sprake van een complot of een vooropgezet duivels plan. Zonder moraliteit is dat helemaal niet nodig om iemand te kunnen vermoorden. Dan is een moord gewoon een optie en er is niemand die aan een robot uit kan leggen waarom het niet zou mogen.

De meeste mensen begrijpen dat niet. Die zijn misschien teleurgesteld als ze vinden dat er geen legitieme reden was voor de machine om zich zo te gedragen. De reden mag niet zo banaal zijn.

Ik begrijp het wel. Het incident waardoor ik jaren geleden in de instelling terechtkwam had eigenlijk ook een hele triviale oorzaak. Ik heb niet echt een reden nodig om iemand te vermoorden. Ik sta er gewoon niet bij stil dat het eigenlijk niet mag. Hierdoor herken ik veel van mezelf in die robot. En dat vind ik nog het meest beangstigend aan dit hele verhaal.